·文学新观赏·青少年读写范典丛书·

# 谁能逃出自己的手掌

犁 航 | 著

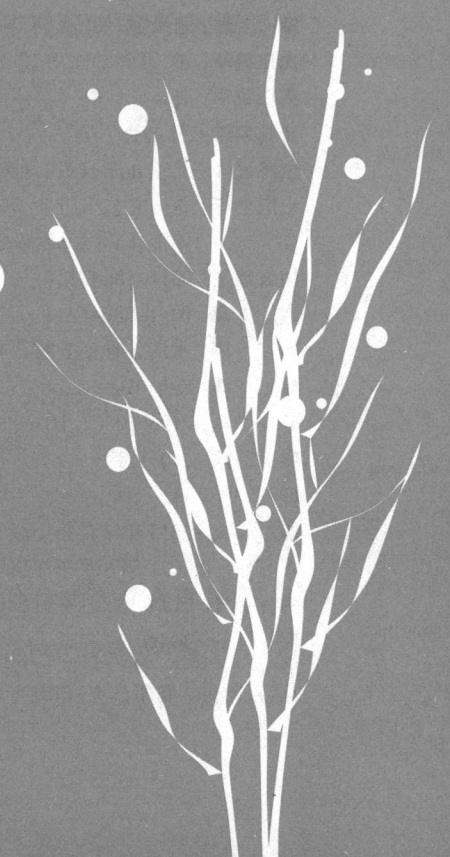

花山文艺出版社

图书在版编目(CIP)数据

谁能逃出自己的手掌 / 犁航著. —石家庄：花山文艺出版社, 2013.6(2021.6重印)
("读·品·悟"文学新观赏·青少年读写范典丛书)
ISBN 978-7-5511-1027-3

Ⅰ.①谁… Ⅱ.①犁… Ⅲ.①散文集–中国–当代 Ⅳ.①I267

中国版本图书馆CIP数据核字(2013)第111901号

| | |
|---|---|
| 丛 书 名： | 文学新观赏·青少年读写范典丛书 |
| 主 编： | 高长梅　王培静 |
| 书 名： | **谁能逃出自己的手掌** |
| 作 者： | 犁　航 |
| 策 划： | 张采鑫 |
| 责任编辑： | 董　舸 |
| 责任校对： | 齐　欣 |
| 特约编辑： | 李文生 |
| 全案设计： | 北京九洲鼎图书有限公司 |
| 出版发行： | 花山文艺出版社(邮政编码:050061) |
| | (河北省石家庄市友谊北大街330号) |
| 销售热线 | 0311-88643221 |
| 传　真 | 0311-88643234 |
| 印　刷 | 永清县晔盛亚胶印有限公司 |
| 经　销 | 新华书店 |
| 开　本 | 710×1000　1/16 |
| 字　数 | 160千字 |
| 印　张 | 11 |
| 版　次 | 2013年7月第1版 |
| | 2021年6月第2次印刷 |
| 书　号 | ISBN 978-7-5511-1027-3 |
| 定　价 | 36.00元 |

(版权所有　翻印必究·印装有误　负责调换)

# 读，是为了更好地写

高长梅

阅读的目的是长见识，是提升自己的文化素养。这是"读"的基本意义。

很多时候，我们的阅读也无任何的目的，就是为了消遣，为了解闷，为了打发时光。其实，这是"读"的另一种境界。

但对学生乃至爱好写作的人而言，"读"还是为了"写"，即人们常说的"读写结合"。这，却是大有讲究的。

"读什么"，"怎么读"，"读"如何促进"写"，这个问题困扰人们少说也有两千多年了。外国不言，单说我国自《诗经》始，《四书五经》到《千家诗》《古文观止》《唐诗三百首》，哪一个的"读"不涉及后人的"写"？"熟读唐诗三百首，不会作诗也会吟"就说明了"读"和"写"的朴素关系。

"读"于"写"的第一点，当是语言的积累。对绝大多数人而言，"会说"也"能说"几乎是与生俱来的，但这些不一定就是我们写作的语言。即使你"会说"、"能说"，但不一定能准确表述你的想法，你的所见所闻；尤其是不一定能用丰富的、生动的、形象的语言或简洁的、凝练的、科学的语言来描述人或事物或观点。写作当如建房，没有各式各样的语料积累，其结果可想而知。巧妇难为无米之炊，再牛的能工巧匠没有基本的建筑材料他也盖不起房子来。但语言积累，不是简单的语言记忆，要内化为自己的，要在自己的胸中发酵，要让它带上自己的思想、情感。这样，在写作运用时，就不会是简单的模仿甚至抄袭。即使是原句引用，也会与你的文章融为一体，恰到好处。初学写作者，常常苦恼自己词汇少，不能准确表述自己的思想;或苦恼自己写得干巴巴的,没血没肉;或苦恼自己虽写得字通句顺,却不像别人写的那样摇曳多姿;等等。多积累语言,是根治这种"疾病"的唯一药方。因此,我们在"读"时,就要看别人是怎么用字、怎么用词、怎么用句……来描写、叙述、来情、议论的。

"读"于"写"的第二点,当是技巧的化用。"我手写我心",看似简单轻松,看似随意,但正如建房,砖头、瓦块、木料等都摆在了你的面前,却不是任何人都建得了房的,你得有建房的技能。写作也是一样,你得掌握一定的技巧。人物怎么描写,事件怎么叙述,情感如何抒发,道理如何论证,等等,你得掌握其基本的方法,然后才能"心到手到",写出一篇像样的文章。我们要像建房者,先做"小工",看人家是如何砌墙、如何粉刷的;然后做"匠人",亲自实践,在模仿中掌握其方法,逐渐为我所用;"匠人"做多了,熟练了,就成了"师傅"。"师傅"一级,技巧娴熟,房建得漂亮。而用心的"师傅"爱钻研,爱琢磨,结合他人的方法创造出更好的新方法,他就成了"建筑师"。写作同理。我们不少阅读者,语言的积累比较重视,但琢磨人家写作技巧的不多,所以文学爱好者不少,但成为作家的就少多了,原因大概与这有一定的关系。因此,我们在"读"时,就要看别人是如何选择材料、如何谋篇布局、如何安排结构、如何运用表达方式、如何布置情节……看他们如何安排重点、如何把人物写活、件、如何条分缕析丝丝入扣、如何巧妙起承转合……

"读"于"写"的第三点,当是思想的融合。有了语言的积累,也掌握了一定的技巧,文章也写得是这么一回事了。但你的文章仅仅止于此,那也不过如同一栋能住人的房子而已。一篇文章品质的高低,除了语言的准确、生动、丰富、优美、灵动……除了构思的奇巧、结构的多元、情节的波澜、布局的精妙、手法的多变……是否有思想就显得格外重要。我们常说,这篇文章语言优美,构思巧妙,但立意不高。我们还常说,这篇文章不仅语言优美,构思巧妙,而且立意高,有思想。一篇仅靠语言打扮的文章,就好比一个俗人涂脂抹粉；一篇仅靠卖弄技巧和语言的文章，就像一个没有灵魂的美人卖弄风骚而已。语言可以记忆，技巧可以模仿，但思想要靠领悟，要融入作品之中去反复地阅读，要从深层次去寻找作者的精神。有的人的文章写得很美，技巧也妙，但就是没有深度，没有思想，没有灵魂，没有底蕴，往往就事论事，往往只是当复印机，复制了场景，复制了人物，复制了事件，但都是没有活力，没有生气，没有精神的。在阅读中提升自己的思想，的确常被我们忽视。思想靠别人的潜移默化来，精神也靠别人的影响而来。我们常听说在阅读中提升了自己，净化了自己，受了一次洗礼似的教育，等等，大约就是指这些吧。所以，我们在"读"时要琢磨别人是如何通过人物的描写表现人物的思想、精神，琢磨别人如何通过将一般人眼中的小事、凡事写出其社会价值，琢磨别人如何从一滴露珠看出太阳的光芒……如何选择语言材料最准确、最鲜明地表达出思想内容而非干巴巴贴标签，如何通过景、人、物悟出其蕴含的道理而非故弄玄虚牵强附会……

"读"于"写"的第四点，当是情感的交融。文章当有情，无论你是否抒了情，情就不自觉地流出了你的笔端。阅读中，我们除汲取作者的语言养料、技巧养料、思想养料外，还要品味、感受作者的"情"。与作者同悲，与作者人物同喜，置于作者笔下的优美环境而赏心悦目，等等。这就是受作者之"情"的"滋润"。文章是否感人，除了语言、思想外，有无"真情"很重要。朱自清的《背影》靠的是"情"的打动，鲁迅的《记念刘和珍君》这篇"血写的文章"其实靠的也是"情"的喷发。一篇只有华丽的语言而无思想的文章犹如没有灵魂的躯壳；一篇即使有非凡高度思想而无情感的文章也不过是一具可能具有文物考古价值的木乃伊。但"情"在文中的宣泄如何把握，这也是我们在阅读中要学习的。这也是我们常犯的错误。写作中我们或无病呻吟虚假瘆人，或情溢滥觞叫人发腻。让"情"如何恰到好处，非向好文章学习不可。这样，我们在"读"时，就要仔细琢磨别人是如何选择写作语言表达出作者的喜怒哀乐之情，如何传递作者人物的喜悦、哀思、忧怨、恋情,或深、或浅、或缠绵、或热烈,或似小溪的舒缓、或似大海的波涛、或似斗室之花的温柔、或似山野之花的奔放……看作者如何褒贬对象,看作者如何措辞达意致情,看作者如何巧借人、事、景、物以寄寓情感……

"读"于"写"的第五点,当是风格的鉴赏。所谓风格,它是一个作家成熟的标志,是作者在文章(文学作品)中表现出来的艺术特色和创作个性。我们鉴赏其风格,主要是学习他如何创造和完善文章(作品)的风格,也就是看作者在处理题材、驾驭体裁、描写形象、表现手法、运用语言等方面各有什么特色,最终形成了怎样的风格。这些风格,最后成了一个作家个性化的标志。当然,这是"读"的高要求了。琢磨多了,实践多了,很多写作者也形成了类似的风格,便也融入了原作者的风格之中,也就形成了"派"。比如"荷花淀派"、"山药蛋派"、"读者体"、"知音体",等等。当然,也不能简单模仿,也要适时变化,否则当年散文必"杨朔式"、小说必"欧·亨利式"的文学闹剧就会重演。

习作者若能此,写出好文章就有可能了。

弄明白了这些,还有一个重要的问题是选择什么样的读物。读名著,当然好。但很多名著由于作者所生活的时代不同,社会环境不同,或阅读者的阅历不够,文化积累不够,不一定读得懂,更不用说借鉴于自己的写作了。

基于此,我们推出了这套《文学新观赏·青少年读写范典丛书》。这些作品,不是名著,但是属于好作品;没写重大题材,但大都真实反映了社会生活的变迁,人们精神面貌的焕然一新;没有高深莫测的技巧,但或平实、或奇巧、或清新可人、或浓郁奔放,更适合青少年读者学习、借鉴。

# 目 录

## 第一辑　谁能逃出自己的手掌

普罗旺斯画中游　/002
路过西安　/004
仰望玄奘　/006
末代儒生　/008
我是一朵蘑菇　/011
谁能逃出自己的手掌　/013
倒流河边女儿红　/015

## 第二辑　做一枚幸福的棋子

文字的智慧　/020
语言的温度　/022

低调韦陀夜来香　/023
宁可临渊羡鱼　/025
做一枚幸福的棋子　/027
拖地的方式　/029

## 第三辑　拔节梦想的境界

殷实的沉潜　/032
叔叔的多米诺骨牌　/033
牛尾巴上的机缘　/035
拔节梦想的境界　/037
把电话放在角落里　/039
养身莫善于寡欲　/041

## 第四辑　韧性的力量

棋盘上的花蜘蛛　/044
人生旅程票　/046
韧性的力量　/048

"无效劳动"也有效　/050
鼎井　/052
没有谁是不可或缺的唯一　/054
暖冬　/056

## 第五辑　一枚符号的能量

天上人间桂花香　/060
鱼鳞片片　/061
卑微的低调　/064
清明时节泪雨飞　/066
快乐老家　/068
有一种乐器叫拐杖　/071
一枚符号的能量　/075
忧伤的吉他　/077

## 第六辑　网游不能拿传统美德开涮

有一种戏剧叫人生　/082

善意的纯度　/084

谈文化还是讲故事？　/086

网游不能拿传统美德开涮　/088

偶然的力量　/091

重阳时节雨纷纷　/093

## 第七辑　取经路上，为何悟空作战不给力

唐僧：史上最牛的"海归"　/100

唐僧提干　/102

唐僧为什么如此低调　/104

关于唐僧肉的分配草案　/106

悟空的腐败与勤政　/109

悟空跳槽的悲哀　/111

取经路上，为何悟空作战不给力　/113

孙悟空为什么混不过唐僧　/115

《西游记》中的八大悬疑　/117

如来反了谁的腐败　/119

## 第八辑　屈膝之美

挺拔云杉　/124

母亲怕儿一辈子　/125

生命中的偶然　/127

屈膝之美　/129

让阳光照亮内心的每一个角落　/131

网络语言的道德底线　/133

有一种意义叫过程　/135

省略号情结　/137

做时间的粉丝　/139

有一种拯救叫自制　/141

## 第九辑　母亲的存折

左右为难　/144

扶贫　/148

毫厘千里　/151

画蛇添足　/153

母亲的存折　/155

一只药柜的能量　/158

# 第 一 辑

## 谁能逃出自己的手掌

普罗旺斯画中游 / 路过西安 / 仰望玄奘 / 末代儒生 /
我是一朵蘑菇 / 谁能逃出自己的手掌 / 倒流河边女儿红

## 普罗旺斯画中游

离开奥朗日,朋友的路虎带着我们渴盼的心开始飞翔,飞向传说中的普罗旺斯。这个神奇的休闲胜地,像一个深邃的黑洞,让我们的眼光无处可逃。普罗旺斯似乎隐藏着神秘的幻象,主宰了我们的信仰。朝拜,是唯一的选择!

奥朗日本是一座美丽的城市,但因了普罗旺斯,便显得无足轻重。随行的是几位画家,特别选择了7月这个五彩缤纷的季节,走进色彩的花园,圆我们绚烂的梦。

黑色的路虎在山间盘旋,奥朗日的橙黄在身后渐行渐远,山体色彩在我们眼前慢慢由翠绿走向单一。突然,有位同伴惊叫起来,雪山,雪山!冯杜山石灰岩白得耀眼,远望近观都是白雪皑皑。大地上,目力所及都是白茫茫的一片。天空是晶莹的碧蓝,如暴雪初霁,点点凉意扑面而来。在这片石灰岩的中心地带,耸立着一座彩色的观测塔,成为纯白世界中的点缀:赭、绿、灰白、乳白……普罗旺斯的色彩,不愿单一!

冯杜山渐渐远去,绿色慢慢回到视野,施米雅那山区的熏衣草的气息在暗香浮动。车窗外,绿色的边缘,千顷紫色便铺天盖地地涌入眼帘,又向远方漫无边际地蔓延开去。熏衣草花开得正旺,花蕾已经由紫晕转变成迷人的深紫,默默地羞涩着,让人怜爱。嗅着淡淡的芳香,面对这些内敛的紫色的小花,内心奔腾的潮水由腾挪跌宕变为波澜不惊。站在紫色的海洋里,回首过去,迷惘在此条分缕析,紊乱在此重建秩序,一切成为理性。

夜宿阿尔勒,一座年日照超过300天,号称"法兰西阳光之都"的小城。夕阳之下,阿尔勒一袭金色!

第二天凌晨,穿过城市的车水马龙,朋友引领着我们走进一所平凡的小院,进门,抬头,一位目光深邃、胡子拉碴的"老人",正在思考着某个深邃的命题,拒绝与我们对视。围在他右耳上的围巾告诉我们,这位"老人"就是画室的主人——蜚声世界的画家凡·高。

阿尔勒的阳光和色彩,使凡·高疯狂,各种颜料在他的笔下纵情燃烧。《夜晚露天咖啡座》昏黄的灯光和紫蓝的天空,让我们震撼。《星夜》玄黄的月亮和星星,旋转着紫蓝色的躁动,人的灵魂会被不由自主地席卷到另一个世界……杏黄色的《阿尔的吊桥》、血红色的《夜间室内咖啡座》让人心神摇旌。备受人们青睐的《花瓶中的十四朵向日葵》流露出的柠檬黄、橘黄、土黄……每一朵向日葵都是耀眼的太阳,天堂的门在此打开,头顶升起无数个太阳,在世界每一个角落里竞相盛开……

离开凡·高的画室,去郊外看尘世中的向日葵。这些"旋转的太阳",是凡·高笔下的精灵,赋予了凡·高艺术的灵魂。阿尔勒的向日葵,因凡·高的宠爱而获得永生!数百亩向日葵田园,在这个旭日初升的清晨疯狂地怒放。在这个金灿灿的世界里,我突然理解了凡·高的疯狂。当血液沸腾起来,难以遏制,疯狂便成为一种宿命。向日葵使凡·高疯狂,而凡·高的向日葵则令世界疯狂。

中午,抵达艾克斯。米拉波大道优雅的绿荫和光影构成一幅立体感很强的画卷,闻名世界的喷泉影印出道道彩虹,光色影奇幻交织,让人恍惚置身天堂。

体内还残留着光与影的梦幻,我们对地中海沿岸数百公里的"蓝色海岸"、"银白海岸"和"朱红海岸"便少了应有的惊诧。黄昏时分,抵达马赛。天色渐渐暗下来,蔚蓝的天空衔接着蔚蓝色的海水,把港口的船帆也涂成蔚蓝。所有的喧嚣都远去了,天地间一片空灵!

阳光的偏爱,色彩的凝聚,使普罗旺斯造就了一批因色彩而成就斐然的艺术大师。凡·高和高更都是西方油画后印象派的代表人物,尚塞则被称为西方现代绘画之父。

我一直以为普罗旺斯的绚丽是上帝在休假日浓墨重彩的结果:冯杜山的雪白、施米雅那山区的蓝紫、阿尔勒的金黄、米拉波大道的翠绿、马赛的湛蓝……上帝成就了普罗旺斯,成就了它的绚烂多彩和万种风情。

## 路过西安

一个过客,行色匆匆,路过西安,携着蕨菜、野葱和土豆的气息,在都市的尘埃中穿行。没人留意我,我什么都不是,连影子也不是。人们,肆意挥洒着手脚,穿过我透明的身体和思想,朝着欲望的方向,款款而来,再款款而去。

登上608路公交车的二楼,幸福浸透身体。在司机头顶,我检阅着整座城市,放牧着所有的香车美女。

当诱惑飞奔起来,我的坐骑便撒开四蹄,城市的速度,越来越快。我紧紧握住一根扶手,一根无根的扶手。世界上的芸芸众生,都是一种诱惑,也是一种参照,我们静止着,朱雀大街的历史,迅速向后退去。

钟鼓、鼓楼都老了,聋哑了。大雁塔本来就与大雁无关。

大唐芙蓉园,用一块土地炫耀历史,一处凹下去,一处凸起来,凹成湖泊,凸成假山,起伏之间,把一个显赫的大唐收入囊中。山有灵气,儒释道大隐隐于市。水藏智慧,龙舟身下,鼓荡起大唐声威。音乐是一层淡淡的雾,从草坪上慵懒地站起身子,托举着,唐朝的喧嚣,与天籁对接。我们的车队,载着大队人马,奔向大唐,奔向传说中的妃子。《梦回大唐》正在上演,霓虹闪烁的现实,一步跨上舞台,重演千年的皇家温柔。贵妃的腰,已瘦成瓶颈,让人心痛,水袖缥缈,舞出盛唐的蓬勃气象。翻飞的霓裳,一袭暗香,香了现代,也香了大唐。一直疑惑偌大的都市没有美女,原来,全藏在皇家的后宫。历史与现代,在剧场里,遥向对望。连站和宋楚瑜,很久前,在这里被大唐召见。我的座位,离他们很近,离唐朝很远。

张学良将军公馆,在一个独居的小院,靠近省委招待所。历史,固执地停留在岁月里,不想让步,多少辆汽车行人在门前拖曳游说,她都不肯走向现代。她要固守原来的样子,少帅回家,便不会迷路。

资料和图片,汇集成一生,少帅的风采活在公馆的记忆里:从东北到西安,从贵州到台湾,少帅举着民族的旗帜,在荆棘林中鲜血淋漓地穿行。少帅给了蒋介石整个心脏,蒋介石给了少帅一间囚室,满头白发及万种相思。隔海相望的痛楚啊,少帅,用铮铮骨骼,撑起历史的天空。

小阁楼上有一间小屋,一张排椅,是少帅和周恩来可以依赖的全部物质。一个夜晚的酝酿,智慧,在这里腾空而起,在这里,周恩来与少帅紧紧握手,中华民族再次团结起来,手挽着手,攥成一记重拳,砸碎了日本军国主义的痴想!周恩来拨亮了小方桌上的灯盏,驱散了笼罩在西安上空的阴霾。少帅决定:用一个人一世的沧桑,用周恩来拨亮的星星之火,温暖民族的心脏,照亮民族的心房。

公馆里很安静,少帅的眼眸,神采依然。花园里草木丰茂,我深信,我们的少帅,早已回来!

走出公馆,当下的阳光有点麻木,穿过层层障碍,已所剩无几,人们无心收藏。车窗之外,霉变的护城河,一条鱼的影子,濒临窒息,用绝望的眼神,窥探前世今生。

城市的成分十分复杂,连空气也是。

## 仰望玄奘

元旦的古城西安洋溢着浓郁的节日气氛,满街的中国红铺天盖地,把一棵棵璀璨夺目的圣诞树融化在激情四射的城市里。圣诞老人还没走远,他慷慨的余温尚在街头弥散。

我相信缘分,每次出游,都是一种漫无目的的举动,听任缘分的差遣。我习惯把鼠标在电子版的中国地图上舞蹈成天女散花,闭上眼睛将鼠标停下来,光标点中的位置,就是我随心所欲的目的地。

把身心交给这座古老的城市,一任缘分牵着我的步伐在古城的旮旯角落里游荡。我的心思翱翔在天上,如同孙悟空驾着筋斗云穿行在漫无边际的漫天彩霞中。突然,几根擎天大柱挡住我的思绪,黄褐色的巨柱顶天立地地站在一条大街的入口,隐隐透露出皇家气象,是如来的五指山?仔细一看,上面有字,不是"孙悟空到此一游",而是——大唐通易坊!大唐?难道这里接通大唐时空隧道的入口?看各种肤色的游客在如来的指缝间游走,自由自在如同一尾尾在深海畅游的鱼。大唐通易坊,显现着千年前封建盛世的儒雅和宽容。

这是一条古色古香的宽敞大街,到处都流淌着唐朝的气韵:大气、豪华、庄重。传统的富丽堂皇和令人耳目一新的异国情调交织在一起,诱导着我走向大唐盛世,走向大唐盛世包容着的异国他乡:天竺的音乐和舞蹈、印度的料理、新罗的COCO金鱼饼、东瀛的寿司……这里浓缩着一条举世闻名的丝绸之路,这里张扬着天朝盛世的四通八达!

抬眼望,前方,一座高塔耸立,神秘的气息与金碧辉煌的大唐对接,指引出另一个玄奥的所在——大雁塔。这是我羡慕已久的游览名胜,韩东那首著名诗作《有关大雁塔》,令我早已为之神往。径直向前,竟然无法走近巍巍古塔。陌生的地理,逼迫我拐了个弯,于是,缘分又引领着我与一场尴尬撞个满怀。

走进大雁塔的南广场,迎面矗立着一座塑像,昂然挺立在一巨石上,神情肃然,气度不凡。许多游客在塑像下合影留念。出于好奇,我将手中相机递给身边游客,请他为我和塑像合影。但无论我怎么配合,游客都大摇其头。我看着这几张与塑像极不协调的合影,缘分两个字又浮上心头,这座神秘的塑像,为何对一个慕名而来的游客表现出委婉的拒绝?

抬头仰望,原来塑像是一气宇轩昂的和尚,手提禅杖,气定神闲地眺望着远方,超凡脱俗。我问旁边游客,这塑像是谁?游客说出一个如雷贯耳却让我忐忑不安的名字——玄奘!

对于玄奘,我曾经多有冒犯,不说我那篇上了凤凰卫视的调侃随笔——《唐僧——史上最牛的海归》,也不说我那几篇发表在《羊城晚报》上的随笔——《唐僧是个罪魁祸首》、《孙悟空为什么混不过唐僧?》……单说我明知这是大雁塔,却不知道这尊塑像是玄奘,就足以令我愧疚万分了。

我怎么就忘了:大雁塔是玄奘自印度归来亲自设计并指导施工的,大雁塔里安放着玄奘从印度带回的大量梵文经典和佛像舍利,大雁塔是这个蜚声世界的佛学家最后的精神家园。是玄奘用双脚丈量着东土大唐和天竺佛国的文化差异,是玄奘用双肩担负起将天竺佛学传播东土的重任,是玄奘用双手在六朝古都堆垒起一座让现代人也惊叹不已的绝世建筑……有多少人能抵达玄奘的精神高度和实践家风范?我在玄奘塑像前显得如此矮小,岂能奢望与先圣合影?

我必须忏悔,我怎能用传说中的神话来调侃历史中的圣贤,我怎能用一点搜肠刮肚的小聪明去碰撞浩如烟海的大智慧?

玄奘坚定地望着远方,心里装着圣地。也不知他心中挂念的是历史中的古印度王子——乔达摩·悉达多,还是传说中的西天如来?玄奘身后,是天竺祥和的音乐和曼妙的水舞。

遥遥看去,大雁塔的塔顶已经远远偏离了它的地面重心位置,明显地向西倾斜了,或许,这种倾斜也是玄奘终身朝圣的一种象征,精神向度的一种见证。大雁塔和他的主人玄奘,一起向佛教的发祥地致敬!

爬上大雁塔,站在玄奘身后,眺望玄奘眺望的远方,顿然觉悟:只要坚守一种信念,即便是无形的思想,也会具有穿越时空的力量!

## 末代儒生

末代儒生已几近绝迹,偶尔在某些旮旯角落还能看到他们故作坚挺的影子。

末代儒生是一些中规中矩的人,举手投足之间晃动着克己复礼的影子,从来不敢触摸道德的底线,更不敢挑战法律的利刃,末代儒生在法律和道德的轨道上,安全地驾驶着自己人生的列车。末代儒生的力量不会旁逸斜出,全部精力用来控制生命的方向和调节前进的速度,奢望在世俗的旅程中,把生命的视野投射得更远、更高、更寥廓。

末代儒生深受儒家传统的影响,希望能做一个知书达理、明辨是非、坚守礼仪的谦谦君子,他们把仁、义、礼、智、信作为自己的骨骼,让它们支撑着作为一个男子汉或巾帼的重量。时时刻刻,末代儒生都会在意它们的存在,没有它们,末代儒生只是一堆瘫痪的肉泥;没有它们,末代儒生的个性特征会在精神颓废和面目模糊中摇摆不定,成为货真价实的行尸走肉。末代儒生以四书五经为粮食,以孔子的"仁"、"礼"、"信",以关羽的"义",以诸葛亮的"智"做行为准则,指导自己练习行走世间的尺度和实践社会的姿态。末代儒生要以强健的筋骨稳稳当当地站立在大地上,即使意志在时代的风雨中塌陷了,但身姿也要像沙漠里的胡杨树一样,昂然挺立!

末代儒生真心实意地帮助朋友和亲人,努力地在这个圈子里营造理想的大同世界,这些不全是响应共同理想的号召,末代儒生只是在践行自己粗浅的人生哲学,不想违背几千年前先人造字时熔铸在人字结构里的深层寓意:人与人应该相互帮衬,帮助、劝诫和严格要求是他们对朋友的使命,末代儒生认为这是责任担当和道义承载的必然。

末代儒生大多不会抽烟,不会喝酒,不会耍钱赌博,更不会在红灯区放纵无度。这些娱乐项目与他们自认为不是很低的智商无关,与胆量无关,与豪放程度无关,更与小气和吝啬无关。对于特立独行的他们来说,与健康有关,与个性有关,与修养有关,与对生活的态度有关。他们不是道教中人,但道教修性和养命的理念却灌注着他们的气血,他们站在恬淡自然的高度审视那些沉迷在酒池肉林中的红男绿女。清心寡欲的他们,对整日陶醉于灯红酒绿中的人们充满忧患。具有社会责任感的末代儒生难免会扫去关注的目光,甚至扫描的深度,这也许是墨家思想——"兼爱"熏陶的结果。当然,还有更重要的一条理由,末代儒生拒绝染指这些,那就是末代儒生认为不好也不坏的金钱。钱,既是世俗中划分社会等级的标尺,也是很多人趾高气扬的资本。但是,对金钱的平淡除了使末代儒生免遭污染外,还能让他们的腰板挺得更笔直——无欲则刚!

尽管末代儒生中规中矩的个性和遵守德治、法治的准则并不影响他们的创新精神和创造性工作,但他们的前进速度却不尽如人意,他们的人生轨道上设有层层关卡,每前进一步都步履维艰,动力的燃料是权钱混合液,末代儒生的努力被世俗的潜规则冻结。高层的巴掌很大,一只手就能把天空

盖住,让人不见天日。其实,末代儒生是应该学会世故圆滑的,末代儒生也是能学会圆滑世故的,亡羊补牢,为时未完,从头来过。末代儒生会为先前的幼稚感到悲哀吗?会心甘情愿地迎合世俗吗?

末代儒生自以为很了解祖国的历史渊源和现实国情,但是他们错了,时代在以匪夷所思的速度发展,人们的思想在超光速前行。他们还在吸食着自以为是传统的精华,而不少人早就把他们认为是古董的宝贝当成了霉变食品了。那些人排着长长的队伍,举着麦克风和纸币,都在争相购买着文化快餐和明星签名,喝着速成的精神饮料和娱乐果酱。过两年,新的韩明星和大腕儿会横空出世,一夜成名,那些人的思维会迅速倒戈,麦克风和纸币也会纷纷闻风转向,这才叫与时俱进哩。末代儒生的反应不可谓慢,就是在这个道道上转不过弯,好好学习,天天向上吧,末代儒生为自己以前的愚昧暗自怅然!

末代儒生发现他们真正意义上的朋友寥若晨星,虽然世界上本来就找不到完全相同的两片树叶,但当他们看到那些具有帮会头子一样号召力的所谓社会精英的时候,就全面怀疑甚至否定自己的交友原则。水至清则无鱼,人至清则无友,这绝不是曲高和寡,倒是有点自爱自怜的习气了,末代儒生为自己的固执感到强烈郁闷!

末代儒生固守在命定的格言里,难以释放个性的手脚,几乎被视为男人成功必备能力的几项娱乐项目,末代儒生与它们都没有交情。末代儒生像一尾在糨糊里游泳的鱼,在水中翱游的本领已被钳制。那些维系复杂关系的纽结,一个个在末代儒生面前坚硬如铁,难以解开。末代儒生的前途,注定只能被雪藏。金钱,是成功进阶的氧气,末代儒生,站在氧吧之外,社会的紧迫让末代儒生感到窒息。这个"能力"和金钱唯上的社会,末代儒生是一只只折翅的鸵鸟,只能在疲惫的奔跑中哀叹自己的命运,等着一天天掉光自己的羽毛。

末代儒生自视甚高的绝对正常,常常会被别人视为可笑的把柄,被社会摈弃在荒郊野外。现实,就这样肆无忌惮地萎缩了末代儒生的形象,降低了末代儒生的高度,用事实证明了末代儒生的不合时宜及不伦不类,于是,末代儒生的理想在渐进的绝望中走向颓丧。

存在即是合理,那些蓄谋已久的风暴,席卷了传统的骄傲,甚至在光天化日之下大行其道,体现出无坚不摧的气势和力度,证据如山地表明那些风暴已经理直气壮且合乎逻辑。末代儒生夹在两难之中左右徘徊,遭遇着生存的困境,在四书五经里,他们已经找不到正确答案。

## 我是一朵蘑菇

我是一朵蘑菇,出生在阴郁的丛林里,清醒的露珠和沉默的土地养育了我,注定了我的命运,必然归于露珠覆盖下的寂寥土地。

我的头很大,形状像举着伞的人形,但我不需要人类社会所谓的靠山。我们靠伞,靠自己身体的伞,保持身体的平衡,并为自己遮风挡雨。伞状的身体比例看起来有点失调,但我并不因此而尴尬,我因之而自豪。我用自己引以为豪的身体遗世独立,我不需要踩着别人的肩膀攀取更大的保护伞。我自主、独立,我的精神像我的身躯一样昂扬和挺拔。

伞状的头部没有散发出伞状的睿智,所以也不代表我有高于人类的智慧。实际上,我常常疲惫于形式发达的脑袋,质量带来的压力让我无所适从。但置身事外的我,面对人类那些复杂的问题,眼光倒是清醒得多,不需要费人类那么多曲里拐弯的周折。世界其实很简单,是人类把它复杂化了。我以单纯的眼光看待单纯的世界,反而更加明白无误。

我是一棵没有骨头支撑的植株,我并不因我没有傲骨而烦恼,我缺乏负重的钢筋铁骨,但我有骨气,我依靠骨气足以站稳脚跟,保持挺拔的姿态,甚至支撑起硕大的脑袋。到了暮年,我和我的同类往往会不自觉地栽倒在地,仰面朝天,对于我来说,这是求之不得的好事。在生命的终结处,终于迎来这辈子翻身的时机,也迎来直面苍天的机会。我在最后的日子里默默无闻地翻身,比人类有些家伙至死也无法获得这种至高荣誉要幸运得多。不是有些家伙被钉死在历史的耻辱柱上,永世不得翻身吗?有的人很虚伪,本身得了软骨症,做不到铁骨铮铮,刚直不阿,可是,还要装模作样地在内心搭灶炼钢,除了把自己从内到外灼伤,达到自我熬煎的目的以外,这种装腔作势的高调最多保持在作秀的高度。骨气是与生俱来的高贵品质,岂是人模狗样锻造得出来的?以我粗浅的意识尚且不缺乏自知,为什么自诩为万物之灵的人类就想不明白这个道理?

　　我居住的地方人烟寥寥,我从容地逃避了太多眼光对我的辐射,避免了感染人类那些邪恶病毒的机会,势利眼、红眼病、嫉妒、仇恨等阴毒和罪恶,我都能与之绝缘。想起人类那些著名的隐者,我禁不住哑然失笑,人类历史荒诞得真的可以,真正隐了,能著名吗?反之,著名了,还算隐者吗?人类的联想很丰富,硬是将两个不搭界的词纠结在一起,真正的隐者,应该是隐到人迹罕至的地方,什么大隐隐于世,那是有功利目的的人为了掩盖自己的功利心态,为了收获人心而欲擒故纵的伎俩。真正的隐者,绝不重现于世,像我的同类一样,我们的生命在众多生物的忽视中悄悄结束,这才是真正的隐者,真正独守品节的隐者!

　　我的出身低微,但低微并不意味着卑贱,我不像狗一样舔人家的脚指头。我的背后没有什么达官显贵,更没有见过霓虹闪烁和酒池肉林,我与寂寞和孤独为伍,我苟安一隅,既不故作悲观,也不假装消沉。我承认,我的头顶有太多的遮蔽和覆盖,参天的古树,遮天的灌木,疯狂的野草,都能把我矮小的身体掩藏得不露痕迹,我没有站在风口浪尖上,我坐守深闺静若处子。我的视线被阻挡,因此,我可以不受外界干预独立思考,像人类真正的思想者爱因斯坦与霍金,思考就是生命的全部。

我处在这个生态圈的最低层,贪婪地吸收着我的上层建筑不屑一顾的天然绿色食品,那些曲曲折折的、拐弯抹角、微不足道的零碎阳光和点滴雨露,对于我来说就是初次分配,地理位置带来的优越感,没有都市的污染,没有铜臭的侵蚀,始终保持着原汁原味,具有天然和绿色的属性。我喜欢它们,我珍惜它们,我自斟自饮,品味纯朴和自然的快乐。

正是我更贴近大地,所以获得了更多亲近大地的机会,我更接近族类根系和生命的本源,我更了解和热爱大地,最终选择用生命来馈赠大地,回归大地的怀抱。

毋庸置疑,我心甘情愿地做一棵菌类植株,匍匐在大地上,餐风饮露。

## 谁能逃出自己的手掌

法国最著名的牧师纳德兰·塞姆聆听过一万多人的临终忏悔,他说,假如时光可以倒流,世界上将有一半的人可以成为伟人。如果每个人都把反思提前几十年,便有 50% 的人可能让自己成为一名了不起的人。

换句话说,我们大多数人在临终前,才知道自己的过错或者错过。无论我们是否知道自己的过错或者错过,但我们必须直面因此而来的种种结局,如同临终前的忏悔!

正是由于我们大多数人缺乏对未来的预见和对过去的反思,所以我们很多人不能认识自己,不能正确地总结过去,开创未来,实现理想。

马波,著名作家杨沫的儿子,笔名老鬼,曾在《炎黄春秋》上发表过一篇回忆文章《我告发了同学宋尔仁》。文章说,1966年7月,"文化大革命"开始不久,正是工作组当政。一个周末,宋尔仁回家了,宿舍里没有人,马波坐在他的床铺上,发现他枕头下面放着一本日记,内容充满了对社会、对形势的不满,说"现在乌云笼罩着祖国天空"、"我们的国家处于最危险的时刻"、"人民在受苦受难……"马波和另外一名同学看完日记之后,把日记本交给了工作组。宋尔仁一到校便被关禁闭,甚至受到拷打,身心受到严重的伤害,一天夜里,忍无可忍的宋尔仁逃跑了,自此消失了影踪。30多年后,马波写《血与铁》,想找宋尔仁核实情况,并当面道歉,才发现他早已不在人世。文章结尾,马波沉痛地说:"我交了他的日记本对他的杀伤是巨大的,影响了他一生的命运,这是我这辈子干的最缺德的事,我对不起宋尔仁。"文章最后一句令人触目惊心:革命啊,革命,多少罪恶假你之名!马波先生的忏悔是少见的,更是振聋发聩的。

世界知名媒体《纽约时报》曾经披露过一则消息:年轻记者布莱尔至少制作了36条假新闻。调查组发现,布莱尔编写假新闻的时候,从来没有离开过纽约布鲁克林区,却谎称自己经常要"外出采访"。但是,这样一个"忙碌"的记者每次"回来"后却很少报销差旅费、酒店住宿费,《纽约时报》竟然没有发现这么大的疑点。布莱尔在剽窃、抄袭了36篇新闻后,终于东窗事发,被报社解聘。曾获普利策新闻奖的记者布拉格,将实习记者的作品,署上自己的名字发表。此事也被揭露,布拉格不得不辞职。两位才华横溢的记者,因为缺乏起码的职业道德,断送了自己的职业生涯,让人为之叹息:早知现在,何必当初?

20世纪三四十年代,日本军国主义泛滥,侵略亚洲,偷袭珍珠港,最终引起世界的共愤,在两颗原子弹的巨大破坏力作用下,日本宣布无条件投降,接受国际法庭审判,最终自食其果。

天作孽犹可恕,自作孽不可活。俗语说:种瓜得瓜,种豆得豆,种下什么"因",收获什么"果"。勿以善小而不为,善因多多而益善。勿以恶小而为之,恶因切勿崭露头角。只要是过错,即便逃过了法律的惩戒,也绝逃不过良心和道德的惩戒,从而会使自己陷入内疚和忏悔。灵魂的煎熬远比肉体的创伤更让人恐惧,那是一种难以疗救的疼痛!

我们可以亲手种下幸福的种子,也可以亲手制造未来的噩梦。如果种上花草树木,悠闲的时候,我们可以在绿荫丛中,赏花纳凉。如果种下的是荆棘和毒草,则会令自己身心受困,深受毒害,苦不堪言。

未来和命运在自己手中,无不是亲手而为,亲历而成,谁也逃不出自己的手掌!

# 倒流河边女儿红

毛坝关,无坝,地无三尺平。毛坝关,有关,崇山峻岭,野兽出没,一夫当关,万夫莫开。被誉为全国第一倒流河的任河,在这里逶迤而过,给雄性的苍山,注入了几丝脉脉的温情。

山势陡峭,泥土难存。这里杂草丛生,灌木遍地,树大多矮小,而其中一棵,却卓尔不群,高达十丈,树冠蓬勃,不知年岁,四季常青。如一把撑开的巨伞,英姿飒爽地俏立于任河岸边,又像一位擎伞远眺的优雅女子,在召唤幸福的降临。

没有人知道这是一棵什么树,春天新芽初绽,娇嫩浅红,夏天树叶长成,鲜红惹眼。土著居民便依颜色,叫它——女儿红!毛坝关植被覆盖良好,一眼望去,满山绿色,女儿红便是万绿丛中的一点红。

女儿红,招人、惹眼、摄人心魂。见过女儿红的人,从此便不愿离开。即便离开,无论是闭上眼睛休息,还是睁开眼睛醒来,浮上脑海的,首先是风姿绰约的女儿红。

七十年前,一位风华正茂的男子,来毛坝关选址办学,不选山岜,不选河岸,径直围着女儿红,圈了三十六亩地。自此,女儿红树下,便有了朗朗书声。男子,便是这所书院的第一任校长。第二年,一位青年女子来此游历,爱上女儿红,从此扎根下来。当然,谁都知道,这位女子成了谁的新娘!

岁月匆匆,女儿红是一个温暖的港湾,毛坝关的儿女,一拨一拨地在女儿红的庇护下成长,一年又一年,无论是风雨兼程,还是蓦然回首,女儿红,鲜红依然……风声、雨声、读书声、琴声、歌声、欢笑声,与任何的涛声遥相呼应。一种叫文化的植物,傍着女儿红,在毛坝关生根发芽,长得郁郁葱葱,漫山遍野。这种植物有根,根叫女儿红!

一天,书院的校工闲着无事,围着女儿红转来转去,萌生出修整的念头。谁叫女儿红的树冠那么恣肆,那么招摇,那么无所顾忌?这完全超乎校工的想象。要知道,校工是书院的兼职园艺师,书院内部,所有的花草树木都得听校工的。校工手里,掌握着生杀大权。何况,在校工眼里,女儿红,也不过是一棵出尽风头的普通的树。

校工不老,身手敏捷,爬树时,把女儿红痒得浑身乱抖。校工力气大,只一斧子,就砍掉了女儿红的一根枝丫。但这一斧子,把校工吓得脸色发白,头脑昏厥,啪嗒一下从树上摔了下来。树丫的剎口,渗出殷红的树汁,一滴,又一滴,像一颗颗血红的子弹,把校工的心射得千疮百孔——校工晕血。从数丈高跌落下,校工竟毫发未损,因为那些断了的枝丫,像一根根弹簧,起了缓冲作用。校工苏醒过来,嘭嘭嘭地跪在女儿红树下磕头……

校长办公室,校长和夫人,默默地把枝丫上所有的树叶,一片一片,十分仔细地摘下来,一共999枚——这恰巧是全校师生的人数。于是,每个人都得到了一片叶子,每一片叶子上,都写着一位师生的名字。有人自己珍藏,有人相互交换。令人称奇的是,互换树叶的男教师、女教师不久便成双成对了。互换叶子的男生、女生,经过好多年之后,都无一例外地走到了一起!

二十年后的同学会上,没有提醒,没有约定,校友们都拿出了当年的那片叶子——叶脉鲜红,像一枚枚玛瑙,瞬间点燃昔日的记忆。手捧这枚穿越了二十年时空的珍贵叶子,有人潸然泪下,有人泣不成声……

时光荏苒,一晃,校长就要退休了。退休前的那个晚上,校长和夫人,在女儿红树下,静默地坐着,直到天明。万籁俱静的书院,有一种声音敲碎了夜色……女儿红叶子上的露水,啪嗒啪嗒地滴了一夜!

第二天,书院师生和毛坝关人民,围着女儿红,为尊敬的校长送行。人们发现,硕壮挺拔的校长,一夜间头发斑白,身形佝偻。女儿红树叶上的露水,越滴越凶了,一滴一滴,滴到师生们的脸上,砸在心里,再滚落到地上,铿锵有声。

后来,校舍的规模也越来越大了,建筑也越来越密集,但女儿红的位置从未受到过威胁,仍然占据着书院里最大一块空地。

老校长离任后,来了一位新校长,见女儿红占地太大,便说,把树砍了,还可以修一幢综合楼。

校长办公室,教师代表和学生代表,一个个面色冷峻。校长声色俱厉:书院校舍扩建势在必行,我理解你们对这棵树的感情,但谁也不能因为私人感情而影响教育大业!这顶帽子够大,师生们都扛不住。

校工老了,在新校长面前也没有多少尊严,他插不上话,但他心急如焚。决定砍伐女儿红的前夜,校工跪在女儿红的树下,嘭嘭嘭磕了三个响头。把一根绳子挂上枝干,然后把自己也挂上去,挂了三次,绳子就断了三次,最后一次,那根树枝也断了……校工痛哭失声:女儿红,谁伐你,先伐我!

校长的话,师生们扛不住,但是毛坝人民扛得住。居住在书院周围的村民们,一大清早拥挤在校长办公室,异口同声:女儿红在,书院在,伐了女儿红,我们就拆了校长办,要多少土地,我们无偿地给!

这似乎是一场战役,不单是一个人在战斗。紧接着,一摞摞信件,一个个电话,一封封电子邮件——来自毛坝书院的校友们,县级、市级,甚至省级，都念叨着女儿红，思念着女儿红……校长明白，谁再打女儿红的主意，谁就是书院的罪魁祸首！

校友里，一位著名作家倡议，在女儿红四周设置专栏——文化专栏，上面的文字和图像，只为女儿红。女儿红，不仅是书院的一道人文景观，一道靓丽风景，也成了书院的图腾。

有一天，一位颤颤巍巍的老人，坐在轮椅上，在众人的拥簇下，出现在书院里。女儿红树下，老人用孱弱的双手轻轻地摩挲着……那些鲜活的时光，那些温润的细节，穿过干瘦的手指，穿过老人手中那片储藏多年的叶子，重现在老人眼前。远年的激情和梦想，远年的收获与希望……老人带着慈祥的微笑，永远地闭上了眼睛。

老人手中那片鲜红的叶子，那片被珍藏了多年的叶子，被书院封进一个精致的玻璃球里——像一个凝聚着数万年历史的琥珀，像一座寄寓着心血和理想的奖杯，更像一盏燃烧着火焰的心灯，照亮一代代书院学子的眼睛和心灵！

# 第二辑

## 做一枚幸福的棋子

文字的智慧 / 语言的温度 / 低调韦陀夜来香 /
宁可临渊羡鱼 / 做一枚幸福的棋子 / 拖地的方式 /

## 文字的智慧

中国文字充满人生哲理,是智慧的符号,这在全世界的文字中独一无二!汉字是由六书造字法象形、形声、会意、指事、转借、假注构成的完美智慧符号!它代表了人们对事物的认识,对事物的表达,对事物抱有的希望,对后人警示的智慧!

除了研究语言文字的专业人士,现代很少有人关注老祖宗熔铸在汉字里的智慧,现代人对汉字的隔膜越来越深,这是汉字的悲哀,也是现代人的悲哀。

就说智慧的"智"字,饱含深意。上为"知",意思是"知道"、"理解"、"明白"等义。下为曰,就是"说话"。整体意义就是"知道了才说",隐含的意思是不知道就不要乱说,这就是"智"的表现。如果没有搞明白就说,显然就是不"智"的行为。说起来容易,做起来很难。在古代,智者,就是有哲学思维的人。古人把这个字造得如此玄妙和包罗万象,让人惊叹。

譬如"福"与"祸"的字体形状相似,很容易混淆,一不小心"福"就成了"祸"。祖宗造字的时候就已经在警示我们,"福"与"祸"是差之毫厘,谬之千里的。这个符号提醒我们在日常生活当中,起心动念、言语造作,何者是福?何者是祸?必须有能力辨别,才能趋吉避凶,享福避祸,远离祸害,所以祸福只是一念之差!古人对"福"、"祸"字形和字义的表达已经上升到了辩证法对立统一的哲学高度,颇耐人寻味!

"聪"的本意是耳朵的功能,就是"听觉"或者"听觉灵敏"的意思。后来引申为"心思敏捷"、"聪明"。左右结构,左边是器官"耳",右边是对"听"有要求——"总","总"是"总体"、"整体"的意思,就是听得"全面"。听得全面才叫"聪",偏听偏信就不是"聪"了。唯物辩证法告诉我们看问题要全面,一分为二,不要片面。听,当然也类同。儿童故事《我知道》讲述了一个听话只听一半的小兔子的故事:兔妈妈在拔萝卜时,兔宝宝小白躲在萝卜后面捉迷藏。兔妈妈告诉它不要乱跑,山里有狼。小白马上就说:"我知道,我知道。"其实小白根本不知道狼真正长什么样子。小白一个人穿过森林回家去,在路上它遇到了山羊公公、松鼠和刺猬,竟把它们都当作狼了。后来小白兔真的遇见狼了,在狼的欺骗下,小白竟把狼当成保护山羊的黄狗大叔了,等到狼张牙舞爪要吃它的时候,它才明白:听话不完整、不懂装懂会有严重的后果!

还有孝,上面是一个"老"字,下面是一个"子"字,有"老"有"子"与"孝"共存,没有"孝",就没有"老"也没有"子","老"和"子"形成一个共同体。"孝"字不仅交代了代代老小相传,过去无始未来无终,上一代与下一代构成一个完整的整体。而且还告诉了连接上一代和下一代所需要的精神纽结,"孝"是一条联系精神血液的脐带,把中华民族的传统美德一代一代地遗传下去。

类似的例子可谓不胜枚举,只要稍稍留意,我们就会发现很多隐藏在文字背后的奥秘,会获得意想不到的收获,假如学习和使用汉字的人都这样,就不枉老祖宗一片苦心了。

## 语言的温度

语言是一种有温度的信息，传递着人世间的冷暖。

恋人的语言是滚烫的，暖人心窝。仇人的语言是冰凉的，寒冷彻骨。温暖的语言是一根纽带，能拉近人与人之间的距离，让人如沐春风。冷漠的语言是一把利剑，能割断彼此的联系，把人的心放逐到荒凉的沙漠。

热恋中的人在电话的两头互诉衷肠。一头说，亲爱的，好久没见到你了，很想念你，你好吗？一头说，我很好，我也好想你，多么渴望能时刻陪伴在你左右，你一定要替我照顾好自己，别让我担心！一股暖流随着电波把两人的心海渐渐沸腾起来，两颗心渐渐靠近，紧贴直到相互交融。爱的语言是一种温暖，能把激情点燃，让人热血沸腾。

远在另一座城市求学的子女，节假日回到故乡，看望已年迈的父母。一家人手拉着手，眼中含泪，语言中充满关切。子女说，我不在您二老身边，您俩过得好吗，我有多挂念，您俩知道吗？父母说，孩子，你是我们的心头肉啊，你独自在外，我们好心疼，你知道吗？关切的语言是一种温暖，把真情融化，把深爱储藏。

一对久别重逢的朋友，在异乡的街头偶然相遇，一句发自肺腑的问候——你还好吗？前两天还在想念你！温暖的真情告白，足以把被时间冲淡的情感渲染得心潮澎湃。相互握手，拥抱，互诉衷肠。天地间涌动着一股暖流，将他们包裹，让他们享受意料之外的惊喜。问候的语言是一种温暖，把真诚默默传递,把友情发酵成一坛佳酿。

有两个事业上的伙伴,在发展的关键时刻,相互支持。一个说,请相信自己,你能行,我是你忠诚的朋友,永远给你力量!另一个说,对,只要有你的支持和鼓励,一定战无不胜,无坚不摧!支持的语言是一种温暖,把信心化为勇气,把情感化为力量,把坎坷变成坦途!

离别的亲友,在清冷的杨柳岸,在喧嚣的月台,在前途迷茫的十字路口,挥手再见。一个说,祝你一帆风顺,一路平安。另一个说,让快乐陪你左右,愿幸福常驻心间!祝福的语言是一种温暖,把期许作为祈祷,把愿望当成礼物,让吉祥的花朵盛开在前行的道路两旁,开在相互惦念的心间,彼此珍重。

爱的语言是温暖的,关切的语言是温暖的,问候的语言是温暖的,支持的语言是温暖的,祝福的语言也是温暖的……

在一个提倡礼仪的国度里,我们需要的是温暖的语言,我们需要加强沟通和交流,多运用温暖的词汇和语气,无论是构建和谐的人际关系还是促进和谐社会的形成和发展,都是大有裨益的。

愿我们都开启温暖的心扉,说出温暖的话语,传递温暖的感情,温暖他人的心窝,这个世界,便由此温暖起来!

## 低调韦陀夜来香

低调是一种美德,是一种谦虚谨慎的态度。往往体现为不争强好胜,不引人注目,谦虚忍让,隐藏自己的能力不显示出来,处变不惊,不强出头,不主动争取机会,淡泊名利、隐忍克制。

公元383年,雄心勃勃的前秦王苻坚在战前疯狂叫嚣,要饮马长江,投鞭断流。大发兵分道南侵,企图灭晋。对于晋而言,这一战至关重要,如果战败,江南就会陷入北方少数民族的统治之下。苻坚屯军八十万于淮水、淝水间。当时晋朝以谢安录尚书事,派他弟弟谢石、侄谢玄率军八万在淝水迎击苻坚军,苻坚大败,这就是军事史上以少胜多的著名战役——淝水之战。《世说新语》中《雅量》记载了魏晋名士谢安身上体现的魏晋风度:谢安和客人下围棋,一会儿谢玄从淮水战场上派出的信使到了,谢安看完信,默不作声,又慢慢地下起棋来。客人问他战场上的胜败情况,谢安回答说:"孩子们大破贼兵。"说话间,神色、举动和平时没有两样。在如此重大的捷报面前,谢安气定神闲的气度让人折服。人都有喜怒哀乐,难道谢安真能做到波澜不惊吗?显然不是,据史书记载,谢安回到自己房间的时候才发现自己木屐的横齿已被门槛挂断,身为宰相的谢安努力地克制了自己的情绪,但他脚下的木屐却悄然泄露了他内心的狂喜,这就是低调。

孔子曾经讲述了一个低调将领孟之反的故事:在一次军事任务中,孟之反神勇地完成了断后任务。回到京城后,人们都交口称赞孟之反的勇敢,但孟之反说:"并非吾勇,马不进也。"孟之反的勇敢是大家有目共睹的,但是在受到夸赞时,没有因而趾高气扬、大彰其能。其实,在人们的心目当中,即使孟之反自称"马走得太慢",不仅不会淹没他的英雄形象,反而增长了他的气度!在孔子眼中,孟之反算是低调到家了,所以拿来做了学生的品性修养教材!

低调受人敬仰,受人追捧,人人心向往之。但上帝是吝啬的,他没有给予每个人低调的权利和资格。低调需要沉潜,需要修炼,需要积蓄,需要蜕变,需要升华,不是谁想低调就能低调的!

乞丐在大街上乞讨不是低调,失败者的一言不发不是低调。阿Q的盲目乐观不是低调,败不馁不是低调,飞扬跋扈不是低调。一无所有和一无所知,也不是低调——本来就站在最低端的位置上,低无可低,便无所谓低调。

什么是低调？有实力有水平而很谦虚才叫低调。物质上富足到无所欲求才能低调，精神上底气十足内涵丰厚才能低调。胜不骄是低调，宠辱不惊，坐看云起，笑看花开花落是低调；胸中有丘壑，江河为百谷之王的向下之势是低调！

韦陀花是一种低调的植物，枝叶翠绿，颇为潇洒，总是选在黎明时分朝露初凝的那一刻才展现美姿秀色。那一刻，万物静籁，花蕾慢慢翘起，将紫色的外衣慢慢打开，整个过程，花瓣和花蕊都会轻轻颤动。那一刻，清香四溢，光蕾夺目，艳丽动人。昙花不浮华，不娇媚，不张扬，不但没有人忽略它的美丽，反而更加令人心颤神往。

低调是一种沉潜，一种含而不露，一种藏锋，一种韬光养晦，一种雅量。低调是一种海纳百川的气度，更是一种超然物外的境界！

# 宁可临渊羡鱼

《汉书·礼乐志》中有这样一句："临渊羡鱼，不如退而结网。"意思是，人只是站在河边，望着河中肥美的鱼，徒然羡慕，不如回家结张网来捕鱼。结论是：空想远远没有劳动具有实效！

世界上没有永恒的真理，古训毕竟是古训，时过境迁，有的理论便显得偏颇，慢慢丧失其权威性。

想想爱因斯坦，想想霍金，他们都是思想上的巨人。但从他们的研究方式来看，似乎他们都只擅长动脑，不擅长动手。

爱因斯坦在数学老师闵可夫斯基的眼中是个懒惰无比的家伙,老师断言爱因斯坦不适合搞实践性很强的物理学。但爱因斯坦"凭空想象"的奇谈怪论逐渐被实验所证实,证明了想象力的强大。根据爱因斯坦的光电理论发明了电影,根据原子理论建起了核反应堆……实践家们邀请爱因斯坦去参观,爱因斯坦却对此不屑一顾,断然拒绝。在爱因斯坦看来,想象力才是创造发明中最重要的因素。

轮椅上的科学大师霍金,被疾病捆绑在轮椅上不能动手从事实践,他的理论研究更多是靠"想象"来完成的,但这根本不影响他在物理学上取得巨大的成就,被学界誉为"继爱因斯坦以来最伟大的科学家"。

若干年前有人认为,即便一位挑大粪的工人的劳动,也远比一位科学家的"空想"有价值,更能得到主流社会的青睐。体力劳动占着上风,从事脑力劳动的人反而面临种种危机。有媒体报道,脑体倒挂的现象不仅以前在主流社会风行,就算在当今社会,仍然市场广阔。

其实,很多人并不清楚:思维活动也是一种劳动、一种实践,也符合"实践是人们改造客观世界的一切活动"的含义,科学思想对生产力的推动作用远比普通意义上的体力劳动更具积极意义。

有这样一则故事浮上脑海。三个泥瓦工正在工地上忙绿,过路人问:"你们在干什么?"第一个瓦工答道:"我正在砌砖。"第二个瓦工答道:"我正在干活挣钱。"提出问题的人稍向前走了几步,来到第三个瓦工跟前,提出相同的问题。第三个瓦工仰望着天空,以富有幻想的表情凝视着远方,答道:"我正在修建大教堂,建造一座影响深远、与世长存的教堂。"当然,故事的结局是前两位做了一辈子的泥瓦工,而最后一位,当上了建筑工程师,他就是梵蒂冈教堂的总设计师布拉曼特。所以,缺乏想象力的人,只能在原地踏步。富有想象力的人才能创造奇迹。

"临渊羡鱼"在古人的心中,羡鱼,就是空想,不能满足食欲。而现代人,"空想"的内涵远非昔日可比,更多的是"羡"精神方面,比如提倡环保之美、生态之美、物种之美等涉及美学范畴。即便是"羡"物质方面,也不单单是满足当下吃的欲望,利用"鱼"和"渊"这两种资源,让"鱼"群规模扩大,让"渊"的景致更显魅力,随之而来的是食品产业、生态产业、环保产业、旅游产业……

我们尊重劳动,但不能轻视有价值的思想,临渊羡鱼带来的奇思妙想,或许比匆匆忙忙慌慌张张地回家结数百张网更具有现实意义。临渊羡鱼,最起码会"羡"出美景,不会错过一幅幅赏心悦目的画面,更何况收获智慧!

临渊羡鱼,是一种尊重美好事物的审美意识,一种与大自然和谐共处的高尚情怀,更是一种与万物进行精神对话的优雅气度!

## 做一枚幸福的棋子

事实上,每个人都是一枚棋子,不管你愿不愿意。

我们是父母的棋子,在父母手把手地搀扶下,牙牙学语亦步亦趋。我们是自己的棋子,为实现预定的目标冲锋陷阵,奋勇直前。我们是单位的棋子,为单位工作殚精竭虑,鞠躬尽瘁……

不仅普通人是一枚棋子,就算国家元首同样也是棋子,比如美国总统奥巴马就是美利坚合众国的棋子,为美国的国家利益而奔走呼号……我们不是这个人的棋子就是那个人的棋子,不是自然的棋子就是社会的棋子。

总之,人不能逃脱作为一枚棋子的命运!

有人说,人来到世间是受苦的,这一种人生姿态。也有人说,人来到世间,是来创造幸福和享受生活的,这也是一种人生姿态。前者是悲观主义论调,后者是乐观主义心态。显然,我们提倡后者。

既然作为一枚棋子的命运无法改变,与其悲观地被动承受,还不如乐观地主动适应。

明白自己是一枚棋子,至少能明白自己所处的平台,熟知平台上的规则。

做一枚有自知之明的棋子,必须找到最适合自己的位置:如果自己速度很快,善于快攻,能所向披靡,就做"车";如果自己善于隔山打牛,运筹帷幄,那就做一枚翻山"炮";如果自己喜欢剑走偏锋,出其不意,那就做跳槽"马";如果自己习惯了步步为营,稳打稳扎,就做一枚"卒子";如果做事习惯是滴水不漏,善于防守,那就做保镖,做"相"、"仕",守卫"将"、"帅";如果你什么都不会做,但你手中有人可用,那就坐在军帐中,当"将、帅"享清福吧……

找准自己的位置,做出力所能及的贡献,就是一枚有价值的棋子。

做一枚懂规矩、守纪律的棋子,遵守规矩,明白职责。我们选择了什么角色,就要不遗余力地尽忠职守。该进攻的时候,必须一马当先,奋不顾身。该防守的时候,则挺身而出,视死如归。棋有棋规,把握住分寸,既不能超越规范,也不能破坏规则:马踏斜日,象飞田,车走直路,炮翻山……在自己的岗位上,努力工作,做一枚有用的棋子,一枚有贡献的棋子。

忠于信仰,争取胜利。一旦给自己定位,就必须坚定立场,不能摇摆。如果我们在棋局中不履行自己的职责,不能在战争中攻城略地,那就只能证明自己的无能,陷自己于不义,迅速给这场战争打上句号,让自己的阵营蒙羞,结局是被抛弃到棋盘之外,暗自舔舐失败的伤痛。

生活本身就是战争,作为一枚棋子,应该骁勇善战,唯有勇往直前,才能在拼搏中享受人生,体味一枚棋子的幸福。

棋子能分清敌我,不会助纣为虐,倒行逆施,具有良好的道德品质。棋子之间不会搞内讧,不会相互拆台。内部一团和气,没有争名夺利,没有尔虞我诈,没有谋权篡位,更没有自相残杀。

每一枚棋子都有各自的地位和尊严,每一枚棋子都能享受到平等和快乐。在关键时刻，一枚"卒子"，也能逼死对方的"将"、"帅"，它所起到的作用，丝毫不比一枚"车"或者一枚"炮"逊色。正如美国大片所表现的那样，在危急时刻，一个平民完全可能成为拯救国家甚至世界的英雄！

一枚棋子，只要能审时度势，进退有据，有所作为，完全可以拥有自己的幸福！

## 拖地的方式

上海一家跨国公司要招收一名质检部负责人，求职者很多，但最终只有阿舟和阿航杀入重围。两人都毕业于同一所名牌大学，都是专业对口的硕士研究生，几次考核，两人的成绩都旗鼓相当。

人事部长左右为难，只好请总裁定夺。总裁让后勤部长给阿舟、阿航各安排一项后勤工作。既然从专业的角度无法分出高下，就只能旁敲侧击了。

后勤部长查阅当天的后勤工作，发现还有一层楼道和两个卫生间没有打扫。虽然没有打扫，但楼道和卫生间看起来仍比较干净。后勤部长把楼道一分为二，阿舟和阿航各负责一段楼道的地板和一个卫生间的打扫工作。

中午下班之后，待楼道和卫生间没有人了，保安部长封闭了楼道，派两名网络工程师在楼道和卫生间隐蔽处装上临时摄像头，进行全程录像。总裁、人事部长和保安部长在保安部监控室盯着大屏幕，阿舟和阿航的保洁过程尽收眼底。

后勤部长给每人两把拖把和一个塑料盆，并告知每个卫生间都有塑料水管,保洁工作便正式开始。

阿舟速度很快,他先用塑料盆装水,洒满楼道,保证了楼道上有充足的水分。阿舟将两把拖把并在一起,只冲洗了一次拖把就把半截楼道拖完,整个楼道看起来湿漉漉的,明显透露出刚刚保洁后的清新。

相对而言,阿航就笨拙一些,他没有洒水,先将一把拖把当扫帚用,把半截楼道的灰尘清扫了一次,然后把拖把冲洗干净,开始拖地。二十几米长的楼道,阿航冲洗了近十次拖把。拖完后,阿航用另一把干拖把把楼道又拖了一次,吸干了地板上的水分,阿航保洁的半截楼道便显得很清爽。阿航用的时间比阿舟长得多。

接着是对卫生间进行保洁,两人的工作方式也不同。阿舟做事明显突出了重点,用塑料盆接水,将马桶和尿槽泼水冲洗,然后用盆盛水冲洗地面,很快便完成了保洁工作。

阿航对卫生间的保洁显得比较啰唆,他用拖把清理掉卫生间墙角的蜘蛛网及玻璃和窗台上的积尘,然后对马桶和尿槽做重点冲洗。最后对卫生间来了个地毯式地冲刷,每个角落甚至墙上的瓷砖都不放过。阿航这次花费的时间更长,看得保安部长和人事部长都打了好几个哈欠。

后勤部长安顿阿舟和阿航在办公室休息,然后到保安部征求总裁的意见。

人事部长说,应该录取阿舟,现在是效率时代,阿舟的效率最高。保安部部长也同意人事部长的观点,说阿航做事太迂了。

总裁说,速度固然要紧,但不是最重要的,最重要的是看服务对象的满意程度。谁的保洁工作更让人满意呢,当然是阿航。何况阿航的工作速度并不慢,因为程序更到位,所以花的时间稍多一点。拖地的态度就是工作的态度,是做表面文章还是深入本质,对于质检部门来说,关系到一个企业的生死存亡。如果质检部门只是在表面上下工夫,盲目追求速度,我们企业产品的核心竞争力肯定得不到提升,我们的发展道路能延伸多远,就值得怀疑了。

第二天,阿航出现在质检部,开始了职业生涯。

# 第 三 辑
## 拔节梦想的境界

殷实的沉潜 / 叔叔的多米诺骨牌 / 牛尾巴上的机缘 /
拔节梦想的境界 / 把电话放在角落里 / 养身莫善于寡欲

## 殷实的沉潜

南极的企鹅憨态可掬,可以在水中游嬉,也能在陆上行走。然而,南极大地的水陆交接处,全是滑溜溜的冰层或者尖锐的冰凌,它们身躯笨重,没有可以飞翔的翅膀,没有钩状的喙,没有尖利的爪,如何从水中上岸?这是一直以来困扰我的一个问题。

后来,在电视上看到的情境让我大吃一惊:它不是爬上岸的,也不是等待海浪推上岸的,而是从海水中直接"射"上岸的!在将要上岸之时,企鹅猛地低头,从海面扎入海中,拼力沉潜。潜得越深,海水所产生的压力和浮力也越大,企鹅一直潜到力所能及的最大深度,再摆动双足,迅猛向上,犹如离弦之箭蹿出水面,腾空而起,在空中画出一道优美的弧线后,跃到陆地之上。

这种特别的登陆方式让人震撼,反方向的努力是为了蓄势,以退为进,看似笨拙,却富有成效。

企鹅在水中沉潜,是为了积蓄力量,蓄势待发。沉潜是为了等待机缘,积蓄是为了喷薄,机遇垂青那些时刻埋头苦干、等待喷薄的人。

朱元璋沉潜在濠州皇觉寺里,开始只是一个挑水做粗活的小和尚,却在生火烧水之余,熟读史书。后来,他投身郭子兴的红巾军,带兵打仗,屡立战功,许多仁人志士都投奔在他的旗下。郭子兴听信谗言,要将朱元璋手下的将士全部收归己有,朱元璋恬退隐忍,欣然同意,获得郭子兴信任。郭子兴病亡后,朱元璋统领了这支军队,自此,走上了王者之路。

禅宗六祖惠能,五祖传法给他,他的师兄弟们、同参道友要把衣钵夺回来,甚至要杀害他。他隐姓埋名躲在猎人队里头,躲藏了十五年,将佛、禅和神人性化、生活化和平民化,成为中国禅宗的创始人,成为世界佛教禅宗的领袖和圣尊。

沉潜为成才者提供了三大重要条件:一是时间,能够学习、思考;二是清静,摆脱了世俗的烦忧,使人变得宁静、超脱;三是落寞感,游离于主流社会之外,刺激思维、促人反思。

沉潜是一种策略,一种权宜之计,一种智慧,一种量变到质变的过程,一种由"忍"、到"韧"的哲学理念,一种收敛、内向、自省,锻造灵魂的手段。

自古圣贤皆寂寞,这种寂寞,就是一种沉潜,十年寒窗是沉潜过程,水滴石穿是沉潜的结果。头悬梁锥刺股是沉潜的姿态,囊萤映雪是沉潜的精神,在沉潜中积蓄力量,在积蓄中丰满羽翼,于是,寂寞变得深刻,沉潜变得殷实。

## 叔叔的多米诺骨牌

一位远房叔叔,整个家族就他学富五车。至今,虽在乡下务农,但他还保留着一个完整的书房。

一次,我回乡去拜访他,他很隆重地接待了我:杀了只鸡,买了酒,还从书房里搬出了那副祖传的骨牌,要陪我玩。

叔叔的兴致很高,我很感激。喝酒时,他慷慨激昂,我却是滴酒不沾。

他便说,不喝酒太没意思了,李太白,斗酒诗百篇,你是个文人,不喝酒,算个什么文人?

酒醉后,叔叔约我打牌。对于骨牌而言,我不懂也没兴趣。叔叔因此说我不知道赢牌也是一种成功的快乐。我躲在叔叔的书房里看书,听见他和几个乡亲嘻嘻哈哈一直折腾到深夜。

第二天一早,叔叔酒醒了,过来跟我推心置腹地说,啊,不喝酒好,要是我当年不喝酒参加了高考,现在哪是这个样子?昨晚醉酒后头疼得厉害,估计胃还得疼好几天。唉,喝酒伤身啊。我岔开话题,问叔叔昨晚战绩如何,哪想到这正好又戳到叔叔的痛处。他说,昨晚输了好几百,那钱至少可买好几套精装书。叔叔说,啊,要是我年轻一点,一定向你学习,不醉酒,不打牌,少误多少事情哦。

我很羡慕喝酒,也酷爱打牌。但我了解叔叔,以他的身体状况,他应该戒酒。以他的经济实力,他不应该耍赌。他不仅不从自身的实际出发,还爱就事论事,在喝酒的时候他只想到喝酒的乐趣,想不到酒后的痛苦;打牌时想到了赢牌的快乐,根本不会想到输钱后的落寞。如果叔叔时刻能把自己行为的前因后果想一想,他的命运可能会完全不同。

世界顶级棋手卡斯帕罗夫,他对弈时可以提前考虑二十步棋。最低劣的棋手至少也能算到下一步棋。棋盘上,谁看得远,谁就能成竹在胸,所向披靡,主宰局势。但现在很多人,即便有看到下一步的能力,也不愿意去思考。

不是没有想象能力,而是缺乏正确的思考方法。于是,多数聪明人成了鼠目寸光之辈。

只顾当前,不顾后果的心态,是对人生的一种迷茫。思想是行动的先导,思想出了问题,行为的结果便可想而知。

只顾当前,不顾后果的心态,是对人生的一种迷茫。每一件事情都与前一件事情相联系,也引发后一件事情,没一件事情是孤立的,这便是哲学中的因果关系。我们的一举一动,一言一行,都是因果链条中的一个环节,环环相扣。这正如游戏中的多米诺骨牌,一张倒下,便无一幸免。

多米诺骨牌启发人生,看似一些微乎其微的动作,却关系人生因果,甚至决断命运。

## 牛尾巴上的机缘

德福常在一个叫毛坝关的小站下车,这里大山连绵,一座座巍然耸立。

德福与这个小站打交道有二十几年了,闭着眼睛都能上坡下坎。但前不久发生的一件事情,却让人传为笑柄。

那次,火车到了毛坝关,德福安安稳稳地坐在火车上,对这个熟悉的小站视而不见。于是,大禹三过家门而不入的古代传说便生出现一个现代版本。

是德福睡着了吗,不是,他当时和一位旅客海侃神聊呢。

是太过投入而与那位旅客难舍难分吗?不是,他们谈累了,各自对着窗外有一段长时间的出神。

是火车停的时间太短,来不及下车吗?不是,停的时间很长,甚至超过了一小时,组织整列火车上的旅客上上下下五十次都绰绰有余……

事后,德福说,那天,他的车窗正对着一个完全陌生的工地:有一个七八亩大的开阔场地,上面几台推土机正在作业,这个场面在"地无三尺平"的毛坝关十分壮观!正是这个陌生的场面挡住了德福的视线。德福不知这是哪个小站在搞大建设,但他想这里反正不是毛坝关,于是正襟危坐,甚至抱怨火车停留时间太长,这一坐,便出了陕西,直入四川。

一次微小的疏忽,他错过了很多事情:母亲的六十大寿没赶上;电子政务的平台上有几个紧急文件没有及时处理,县长很生气,把一个几百万的项目给了其他乡镇;德福的后备干部资格受到置疑……自此,德福光明的前途,就因为那一瞬间的疏忽而暗淡下来。

德福不知道,毛坝关火车站因为扩建变电站,把站台旁的整座小山夷平了,空出了七八亩大的一块平地。小站的场景就在几天之间发生了翻天覆地的改变,导致德福产生了错觉。

当然,这次失误并不是无法规避,德福至少犯了三个错误:第一,他没有时间概念,大致到站的时间,却出现了极为陌生的车站,应该警惕一点,加大关注力度。第二,他没有空间概念,他没有环顾四周,实际上,他只要看远一点,对面那座大山,正对着他卧室的窗口,他每天都在看,看了几十年。第三,他不懂得机缘的重要性,火车在每个小站上最多只能停一两分钟,时间很短,稍纵即逝,这么重要的瞬间,每秒都意义重大,怎敢疏忽大意?

想想人生,每一个阶段都是一个站台,我们也应该处处小心,时时在意。一定要看清这个站台在人生旅途中的位置,把握好机缘,才能把握好这个阶段,才能为进入下一个阶段打好基础。

想起一个与此相关的笑话:一个年轻人十分想娶农场主漂亮的女儿为妻。农场主仔细打量了他一番说:"我会连续放出三头牛,如果你能抓住任何一头牛的尾巴,就可以迎娶我的女儿。"第一头公牛向年轻人猛冲过来,年轻人第一次看到这么大而丑陋的公牛,心中害怕,他想,下一头应该比这一头好吧!瞬间,第二头公牛冲了出来。这头牛不但体形庞大,而且异常凶猛。"哦,这真是太可怕了,无论下一头公牛是什么样的,总会比这一头好吧!"牛栏的门第三次打开,年轻人脸上绽开了微笑,这头牛不但体形矮小,而且非常瘦弱,这正是他想要抓的那头公牛!当这头牛向他跑过来的时候,年轻人瞅准时机,猛地一跃,正要抓住牛尾巴,但是——这头牛竟然没有尾巴!

在恰当的时间,恰当的地点,做恰当的事情,才能抓住机缘。错过机缘,就会错过许多美景,甚至错过人生的幸福!

## 拔节梦想的境界

山坡上，两棵无名的树苗，不知经历了怎样的轮回，在风雨中生根发芽，茁壮成长。尽管是相同树种的两棵树苗，却有着各自的生活理想！

树苗甲对树苗乙说，兄弟，我们使劲成长吧，看看头顶的天空，看看周围的风景，还被其他的大树遮挡着呢。我们享受的阳光是那些大个子剩下的，餐饮的雨露也是大个子们剩下的……只有超过他们，我们才能昂首挺胸、顶天立地，才能看见浩渺的星空，享受来自天空的雨露，那时候，天地都是我们的！

树苗乙静静地看着树苗甲，半响，一声叹息后，幽幽地说，我觉得头顶有大树罩着挺好，再猛烈的阳光，晒不着我们；再大的风暴，摧残不到我们，我喜欢那种被呵护的感觉。

树苗甲望了树苗乙半响，叹了口气，他多希望树苗乙能和自己并肩成长，领略出人头地的快感。

无论是阳光普照，清风徐来，还是狂风暴雨，冰雪交加，树苗甲都无畏地舒展着自己的枝叶，尽情地吸收阳光，承接雨露，对抗风暴，拼命地向上生长。在它看来，生活中的历练就是生命的养料，唯有这样，自己的意志才能更顽强，骨骼才能更坚实。

树苗乙整天昏昏欲睡，享受和风惠雨，当烈日和暴风雨来临，它紧缩着身子，心惊胆战地躲藏到那些大树的怀抱中去。

十年后,树苗甲高出树苗乙四五丈。二十年后,树苗甲已经超过了身边所有的大树,亭亭如盖,远处望去,像一柄巨伞,盖住了半个山坡。树苗乙因整日躲在阴影里,不但不见长,反而被其他植株压制,便显得越发矮小。

树苗甲仰望天空,了无遮拦,视通万里,俯瞰大地,万物皆在脚下臣服。

安静的时候,树苗甲给树苗乙讲述自己眼中高远的天空和广袤的大地。树苗乙使劲地探探头,也想看看外边的世界,但够不着!说,老朋友,你就为我遮风挡雨吧!于是,树苗甲高远地领略大千世界的气象万千,树苗乙蜷缩在灌木丛中,垂泪叹息。

山下的城市中,有两个同窗小女孩,一个叫梨,一个叫舟,两小无猜,无话不谈。

有一天说到理想,梨说,我想当一名科学家,在五彩斑斓的科技海洋中畅游,既能享受到科技世界带来的新奇,也能给人们的生活带来便利。舟说,这个拼搏的过程太漫长了,我不想那么累,长大后,我会租一个小摊,卖擀面皮,像我爸妈那样,既不劳神,也不费力,生活无忧,就足够了。

梨的学习越来越好,舟的成绩不断退步。有一天,老师说,以后排座位要结合成绩和表现,大家努力。为了争取个好座位,梨更加努力,舟仍然无动于衷。考试的时候,舟睡着了,梨提醒她,她睁开蒙眬的眼睛说,我以后卖擀面皮,学那么多东西干吗呀,说完又睡过去了。

十五年后,曾经的梨和舟,各自都实现了自己的梦想。

梨在宽敞明亮的实验室里搞科研的时候,舟正风尘仆仆地在街头卖着擀面皮,舟身后那台既省时又省力的做擀面皮的机器,就是梨发明的,这让舟很自豪,逢人就说,这台机器是我同学专门为我研制的!

山坡上的树苗,城市中的女孩,在成长的最初阶段,各方面的基础都大致相同,不同之处,在于对梦想内容的编织,对梦想深度的开掘,对梦想高度的寄予。

孔子说:"取乎其上,得乎其中;取乎其中,得乎其下;取乎其下,则无所得矣。"

一寸寸拔节自己的梦想，一步步提升人生的境界，就能站得更高，看得更远，走得更坚实，脚下的路就会伸展得更平坦、宽敞、遥远！

## 把电话放在角落里

到某局办事，敲门，秘书开门，局长正站在离他座位最远，且最不方便的角落里，站着接听电话。局长示意我落座，打完电话后，绕过沙发和茶几，回到自己宽大的宝座上。我笑问局长，为什么不把电话放在办公桌上，专门为难秘书啊？局长说，只要我在办公室里，就从来不让秘书接电话，我自己接。

问把电话放那么远的原因，局长说："现在一天坐得太久，缺乏锻炼，习惯了什么事情都图方便，正是这种习惯让我们都变得慵懒起来，运动少了，身体发福，身体素质下降，我专门把电话安装在最不方便的角落里，目的是提醒我不要一次性在椅子上坐得太久，适时站起来活动一下，转几圈，站着思考，换个角度思考，不但活动了身体，思路也会开阔很多。每天站着接十几个电话，再顺势在办公室里转几圈，也相当于在体育场散步了，我希望在每一个工作细节里融进保健的内容，这样，工作保健两不误，身体是革命的本钱，不能稀里糊涂地搞垮了。"

我为局长精心设置的细节叫好，因为这样更能健康地工作和愉快地生活。如果每个人都能注意到这一点，做到这一点，我们的体质都会上一个台阶。

我曾经拜访过一位著名作家，当时，他正在书房里写作，靠近窗子的地方,立着一个与胸齐高的桌子,放着一台电脑,作家正站在高桌前,噼里啪啦地敲击键盘,写得十分的投入。等作家回过神来,我请教作家们都是坐着写文章,您怎么站着写？作家说:"作家的职业病就是前列腺、膀胱炎、结肠炎呀什么的,这些职业病的病根——在于每天坐的时间太长,压迫了这些部位,久而久之就患病了,按说这不应该叫职业病,而应该叫工作习惯不好,是工作姿势不对造成的。我这样直立写作,全身处于放松的状态,写了几百万字了,什么毛病没有,与病痛无缘。"

美国著名作家海明威、英国诗人沃尔夫、意识流小说家伍尔夫都喜欢站着写作,这是我知道的,但我以为这是一种与常人常态格格不入的怪癖,哪想到直立写作里竟然隐含着保健因素在里面。

前阵子在网上看到一则消息:《空调关掉,电梯停开,走路上班——记者体验"能源紧缺体验日",某政府机关掀节能热潮》。文中写道:办公不开空调,上下楼走楼梯,复印纸双面用,大白天灯常关……这些在过去被人嘲笑为"小气"、"不懂得享受"的行为,现在俨然已经成为节能减排的环保时尚行为。某政府办公室一名工作人员告诉记者说,为了响应"体验日"活动,他把车停在家里,选择步行来上班。"今天从家里走过来,走了将近20分钟。早上走一走,工作时反而觉得更有精神。我决定下班也不坐公交车了,还是走路回家。"空调关掉,电梯停开,走路上班,无不是一种保健活动,调节着人与自然的关系,调解着人体内部的各种机能,对身心的调节和保护,将起到不可估量的作用。

小处着手,大处着眼,良好的习惯不仅让自己更精神,还有助于缓解能源危机,助推低碳生活风潮,不仅利己、利他,还能节约能源,保护环境,有利于优化配置资源,提高经济效益,促进社会的可持续发展。

不积跬步,无以至千里。不积小流,无以成江海。每天做一件自己不喜欢,但有益于身心健康的事情,假以时日,心态就会越来越好,身体就会越来越棒。

## 养身莫善于寡欲

幸福是什么？有人说，幸福是一种感觉。有人说，幸福是个比较级，看你拿什么衬底。

每个人总会拥有一些东西，比如健康、学识，以及一些别人没有的东西。每个人都不可能拥有这个世界的全部，总有一些东西我们得不到，握不住，总会有一些缺失、难以圆满。差别就是两种状况：别人有，我没有；我有，别人没有。正确的态度是：珍惜拥有，别太在意那些没有。幸福，只有拿自己拥有而别人没有的东西来衬底，内心才会平衡，才有闲暇和优雅的心绪去捕捉生活中的点滴乐趣。

曾在某本杂志上看到这样一则故事：一个富人，生意做得很红火，每日操心、算计，十分烦恼。紧挨他家住着的一户穷苦人家，夫妻俩以做豆腐为生，清贫困苦，却莺歌燕舞，有说有笑。富商的太太见此心生嫉妒，对丈夫说："别看咱家有钱，可我觉得还不如隔壁卖豆腐的穷夫妻，他们虽说穷，可快乐值千金啊！"富商说："那有什么？我叫他们明天就笑不出来。"言毕，一抬手，他将一只金元宝从墙头扔过去。第二天清晨，穷夫妻发现了地上那块来历不明的金元宝，欣喜若狂，都说发财了，再不用磨豆腐了。那么用这些钱干点什么呢？他们盘算来，盘算去，拿不定主意，又担心被左邻右舍疑为偷窃得财。如此这般，心里的弯弯道道多了，茶饭不思，寝席不宁。自此，再也听不到他们的笑声了。

如此看来，钱这玩意儿带给人们的不一定就是幸福！

还有一个现代版的故事：县委书记到基层搞调研，县委书记好酒量，乡镇领导为了把书记陪好，便安排镇上酒量大的同志入席敬酒。轮到一位年轻人敬酒的时候，年轻人大大咧咧地对县委书记说，老哥，我们两兄弟喝两杯！镇长吓了一大跳，这小子怎么这么没规矩，老哥是你喊的吗？我们这些当领导的也不敢在县委书记面前称兄道弟。便扯那小伙子的衣服，示意小伙子别乱讲话。小伙子不领情，说，镇长你扯我做啥子？我是个普通的干部，又没有乌纱帽捏在他手里，所以喊一声老哥又有啥关系！县委书记呵呵一笑，轻松化解尴尬，他懂得驭人之术，惦记心中。不久，县委组织部一纸任命文件，把这个莽撞的小伙子提拔成了副镇长。县委书记再一次到这个乡镇检查工作时，曾经挺拔得像棵白杨的小伙子在他面前卑微成一只虾米，腰弯得跟其他乡镇领导一样，在县委书记面前，战战兢兢，谨小慎微，少了欢声，少了笑语。曾经那个任性放达、潇洒自在的小伙子不见踪影了。

如此看来，地位、声名这类玩意儿带给人们的不一定就是幸福。

人生一世，折磨我们的，正是各种各样的欲望，对金钱的欲望，对地位的欲望，尤其是那些让人垂涎又不能满足的欲望。欲望将人变成虾米，佝偻成那样了，心气能顺吗？功利心，多数人有。所以，多数人不幸福。

孟子曰："养身莫善于寡欲。"陆游诗："人若不知足，贪欲浩无穷"……

欲望是一座山，我们得根据体力制订登山的计划，我们要征服山，而不是让山拖垮我们的体力，终生遗憾。

世间事，变幻莫测，能完全被我们掌握的，实在是少之又少。只要努力了，对得起良知，得到了什么，把握住了什么，失去了什么，则不能苛求。我们只有在不满足和满足之间寻找心理平衡的支点，裁剪欲望，调节内心，清心寡欲，从容淡定，方能内心平和，品味愉悦，享有幸福。

# 第 四 辑

## 韧 性 的 力 量

棋盘上的花蜘蛛 / 人生旅程票 / 韧性的力量 / "无效劳动"也有效 / 鼎井 / 没有谁是不可或缺的唯一 / 暖冬

## 棋盘上的花蜘蛛

俗话说,人在江湖,身不由己,这是感叹被生活束缚的无奈。江湖是一个大棋盘,每个人都是这盘棋局中的一枚棋子,尽管谁也不想做一枚棋子。

什么是棋子?棋子是用木头或其他材料制成的下棋用的小块,通常用颜色分为数目相等的两部分或几部分,下棋的人各使用一部分,按照特定的规则和职能,受下棋人的摆布,实现他的意图,决战胜负。

一枚棋子的命运注定是一种悲剧:循规蹈矩,任人指使,任人宰割,无法主宰自己。

不由得想起那首《棋子》,歌词里有这样的句子,让人震撼,引发共鸣:我没有决定输赢的权力,也没有逃脱的幸运,进退任由你决定,来去全不由自己。这首歌唱出了人生的诸多感伤,诸多困惑。

各种法律、法规、道德准则、社会规范、纪律、规矩……我们生活在社会中,无法摆脱这些条条框框的束缚。

一位叫慈航的前辈热心培养一个叫德福的学生,在德福法律本科毕业后,为德福指明了发展方向——三年内拿到法学硕士,再考取律师资格证,终极目标是成为一名最好的律师。但德福不想把所有的时间都花在理论研究上,他更倾向于在实践中学习,这几乎让慈航绝望,一度将德福拒之门外。德福协助一位有名的律师办案,当年就考取了律师资格。三年后,德福已经是这座城市首屈一指的大律师了!慈航感叹说,年轻人不简单,我预想六七年才能实现的事情,他三年就做到了。德福没有走老师所划定的道路,但最终让老师引以为荣。

客观的束缚已经太多,在倡导个性解放和心灵自由的今天,我们不能人为地制造囚笼,编织丝网。应该像德福一样,向束缚挑战,寻求发展的自由,给自己争取一片广阔的土地,一片高远的天空。

古今中外,有很多年轻人都不按照父辈规划的道路走,出现了一批不听家长劝告"离经叛道"而取得巨大成就的人。如法国著名文学家巴尔扎克,父亲让其经商,他决意走文学道路,历尽艰辛,最后写成恢宏巨著《人间喜剧》。画家尚塞,青年时也被父辈逼迫着经商,但他对经商毫无兴趣,迷上了绘画,最终被誉为"西方现代绘画之父"。更著名的例子是那个经常和母亲对着干的逃学少年比尔·盖茨,他是叛逆最成功的典型。

不要把别人当成实现自己理想的棋子,按照你的方式攻城略地,按照你的方式亦步亦趋。更不要把限制自我的空间当成乐趣,不要把精神上的镣铐当成装饰品。失去自我,人生便失去了价值和意义,活不出精彩。

突然想起一个让人感悟良多的故事:蜘蛛们世世代代都穿着一身颜色灰暗的衣服,蛰伏在一张棋盘一样的丝网上。老蜘蛛总是谆谆告诫小蜘蛛:这种衣服虽然不好看,但是便于隐藏,不易被猎物发现。你们要想吃饱肚子,就不要惦记着自己的漂亮。蜘蛛们都很听话,世世代代穿着灰不溜秋的衣服。然而,美丽实在太有诱惑力了。一天,几只小蜘蛛毅然脱下身上的灰衣服,换上了五彩斑斓的礼服,个个打扮得花枝招展。富有经验的老蜘蛛赶紧警告:"你们肯定要吃亏的!等着瞧吧!"但是,老蜘蛛的话没有应验。穿花衣服的蜘蛛们不仅没有挨饿,捉到的虫子也比其他蜘蛛多。因为,森林里有许多爱漂亮的虫子把它们的花衣服当成了盛开的鲜花!

给精神一些自由,给心灵一些放达,给他人一些离经叛道的机会,说不定会出现奇迹,正如那些脱掉灰衣服的年轻蜘蛛!

## 人生旅程票

人生是一趟旅程,不同的时间、不同的阶段,拥有不同的旅程票便会经历不同的境遇,到达不同的人生站台。

旅程票的来源不同,效果可能不同。票可以是自己买,也可以是别人买。一般而言,花别人钱买票的人,不是腕,就是款爷。这些人花钱不心疼,总买最好的票,有飞机票就买飞机票,头等舱、商务舱。如果是飞机到不了的地方,就买最好的火车票,最好的车次,最周到的服务,最好的卧铺,最好的铺位,以保证旅行的舒适。如果火车不能抵达,那只能买最贵的汽车票,或者最贵的船票。但如果是花自己的钱,当然是能省则省,省到最简,多余的开销,会统统免去。花自己的钱,心疼!所以,现在很多人都努力地想法把自己的名气、身份、职位混上去,花别人的钱为自己的旅程埋单,最为划算。

不同类型的旅程票,旅程效果完全不同。同是北京到海南,坐飞机肯定比坐火车舒服,坐火车肯定比坐长途车舒服,坐长途车当然比骑摩托车舒服,骑摩托车又比骑自行车舒服。《人在囧途》中的李成功和牛耿最初买的是飞机票,飞机飞不了了,只能买火车票,火车坐不成了,只能乘汽车,汽车抛锚后改成拖拉机,最终徒步,走得两人龇牙咧嘴。

如果有条件,尽量乘坐快捷的交通工具,哪怕付出的代价比较多,但基础好了,起步快了,投入是值得的。所以,有时候,时机和条件不成熟,但从长远利益上看,值得一等的,宁愿厚积薄发。李成功和牛耿,如果坚定信念,估计也等不了多久,飞机总会起飞的,乘飞机,舒舒服服地在飞机上打个盹,一晃就到长沙了,完全不需要那么颠沛流离。李成功和牛耿就是只顾眼前利益的典型,走一步算一步。所以,不要羡慕别人起步早,就跟着别人一起跑,也不要懊悔自己起步晚,心急如焚。只要瞄准长远目标,夯实基础,抓住机遇,该出手时就出手,这样就能搭上人生的高速列车,一日千里,后来居上。

除了自己的旅程票,旅伴的票对你也非常重要,因为人生不是一个人在旅行,总会有一些人与你一道风雨兼程。这些人,虽然无法保证你学富五车和家财万贯,但与你息息相关,影响着你的人际关系,改变着你的生活环境,约束着你思想的自由和心境……这些旅程中的伴票,关联着工作和生活的方方面面,关联着人生的幸福。

孤独的旅程是可怕的,搭错了伴的旅程更是可怕的。

人在旅途中,有些人你无法选择,如父母、妻子、孩子、亲友等,注定要与你同行。但在工作上,合作的伙伴是可以选择的,尽管这种选择可能会付出代价,但俗话说长痛不如短痛,开始就不合作所付出的短暂代价,一定比长期痛苦地合作所受的精神伤害小得多。《人在囧途》中,李成功遇上牛耿虽然是有惊无险,笑料迭出,但戏剧毕竟是戏剧,现实中要是遇上这种伙伴,不死也得脱层皮:一张乌鸦嘴,说好的不灵,坏的是说一件灵一件,说飞机停下,飞机就原路返回了,说火车走不了火车就真的走不了,说汽车抛锚汽车就真的抛锚,这还不算,牛耿还有一身恶习:裸睡、磨牙、呼噜、说梦话,把中奖的彩票弄丢,把一辆崭新的车开翻……最要命的,牛耿总是自以为是,认为自己什么都对,行事完全不顾及旅伴李成功的感受,合作意识极度缺乏,最终搞得两人狼狈不堪,苦不堪言,甚至差点儿送命。大年三十夜,两个搭错了伴的倒霉男人,在冰天雪地的郊外,哆哆嗦嗦,饥寒交迫。

最贵的旅程票,莫过于电影《2012》中诺亚方舟的船票,每张10亿欧元。尽管高得离谱,但没有人吝啬这笔钱。因为,濒临人类灭绝时,只有这张票,才可以穿越死亡,重获新生!

## 韧性的力量

平山县滚龙沟村有一棵叫"憋麻树"的古树,耸立在一块花岗岩巨石之上。从正面观之,巨石高约7米,宽约8米,形似一棵蓖麻子,独石成山,巍然耸立。"憋麻树"壮硕的树根将整块巨石从顶部直剖到底,在巨石中部形成一道笔直的大缝隙,就似斧劈般齐整。缝隙中是虬劲的树根,从巨石顶直插地下。村民说:"树根的力量太大了,即便是人力,用刀劈斧凿,没有一个月工夫也无法将坚硬的花岗岩凿出这道缝隙。"

想想这些树根,硬度显然比不过花岗石,但日积月累,不断壮大,竟然慢慢撑开了坚硬的花岗岩。树根依赖的是永不停息的韧性,不断成长,最终突破了自然对它的囚禁和束缚!难以想象这是一种何等的耐力和执着,让人们见证了柔弱战胜强硬的奇迹。

加拿大的魁北克有一条南北走向的山谷,山谷没有什么特别之处,唯一能引人注意的是,它的西坡长满松、柏、女贞等各种杂树,而东坡只有雪松傲然挺立。这一奇异的景观始终是个谜,谁也不知道谜底在哪儿。直到1983年冬天,有两个旅行者来到了这个山谷,才解开这个谜:东坡雪松的枝丫富有弹性,随着积雪的增加向下弯曲,最终积雪便从树枝上滑落,树枝反弹,依旧保持着苍翠挺拔的身姿。其他那些树,因为没有雪松的韧性,树枝被积雪压断,渐渐地丧失了生机,所以整个东坡只剩下雪松。

如果雪松枝干没有柔韧的性质,定然和其他树种的命运一样,被积雪压断,在优胜劣汰的自然法则面前,退出东坡的舞台。韧性,是雪松得以在东坡保存的原因。如此看来,韧性有时不是可有可无的品质,甚至关乎减压、自救、生存,甚至生命!

每个人,每件事,都不会一帆风顺,更多的时候需要韧性,古往今来,都是如此。看看那些载入史册的名人,我们或许能理解韧性的重要。

迈克尔·乔丹曾被高中篮球队开除。在开业头一年,可口可乐公司仅售出400听可乐。1905年,瑞士伯尔尼大学驳回了一篇博士毕业论文,理由是论文离题千里,稀奇古怪;论文作者阿尔伯特·爱因斯坦十分失望,但没有因此放弃。他始终坚定不移。苏斯博士的第一部儿童读物曾遭到23家出版社的退稿,第24家出版社则把该作品售出600多万册。去世之前,苏斯博士终于看到了自己的努力让千百万的孩子获得了快乐、教育和思考。路易斯·巴斯德是微生物学的鼻祖,他的成就极大地拓展了医学领域,如立体化学、细菌学、病毒学、免疫学,分子生物学等。他关于大多数传染性疾病均由于细菌感染的发现,即著名的"疾病的细菌源理论",是人类医学史上最重要的发现之一。巴斯德多次遭受致命疾病的打击,身体极度虚弱,甚至整个身体的左侧全部麻痹,个人生活也历经磨难。但是,巴斯德始终在坚持,始终在继续自己的工作。就像巴斯德自己所说的那样:"让我来告诉你我实现目标的秘诀吧,我的长处仅仅是不屈不挠而已。"这些名人曾经都遭受过重创,是韧性,帮他们成就了辉煌的人生。

韧性是什么,韧性就是执着和耐力,就是永不放弃、勇往直前、不达目的誓不罢休的精神和勇气。锻造意志的韧性,是一种执着的精神,是一种顽强的信念,是一种高贵的人生品质,是自制力的彰显,更是成就事业的保证!

关于韧性,老子说:合抱之木,生于毫末;九层之台,起于垒土……荀子说:故不积跬步,无以至千里;不积小流,无以成江海。骐骥一跃,不能十步;驽马十驾,功在不舍。锲而舍之,朽木不折;锲而不舍,金石可镂……

韧性的内涵包括耐力和执着,耐力是被动规范内心,持之以恒。执着是主动校正轨迹,保持方向。无论是主动还是被动,对于韧性来说,信念是坚定的,目标是明确的,精神是充实的,成效是递进的! 韧性,能帮助我们不断积淀,促成质变和飞跃,成就事业,提升境界。

水滴石穿,绳锯木断,如果我们每天能写一篇短文,画一幅画,练一幅字……持之以恒,一定能有所成就!

## "无效劳动"也有效

小郑起得比鸡还早,睡得比扑灯还晚。

自从踏进单位大门那一刻,小郑就给自己定了工作目标:让领导满意,让同事们高兴。

同事们上班之前,小郑早已清扫好楼道、厕所、办公室。

小郑的努力,不过是"无效劳动"而已,因为同事们从来没有说起过这件事。

五年后,小郑竞争上岗,考到了上级部门,踏上领导岗位。

单位的环境卫生一下子恶劣起来,同事们终于发现了小郑几年来的努力和勤奋。

人走了,优点便可以被肯定了,领导还专门开会强调,说小郑虽然走了,但我们要把环境卫生继续搞好。

同事们不约而同地变得勤快了,单位的环境越来越好。

小郑从事了很多类似的"无效劳动",因为勤奋,所以能力不断提升,这也是他竞聘成功的原因。

某单位要做一份城市生活满意度的调研报告，要求两个礼拜完成。

小马认为调查与不调查一个样，调查不过是"无效劳动"，全国类似城市还不是一个样？小马熟悉网络，整合运用网络信息和数据的能力很强，不到一天时间，通过下载拼凑，一篇洋洋洒洒的调研报告就出炉了，文从字顺，逻辑严密，看起来质量不错。

牛莉与小马不同，她参考了各种网络上的调研方法，设计了调查表，用了整整两个礼拜的时间，到居民家中逐户调查。然后通过汇总数据，理性分析，写出了一篇调查报告，完成了任务。

小马笑牛莉，花那么多时间，跑那么多路，都是"无效劳动"。

半年后，在制定对辖区居民扶助政策的时候，单位领导们开会，拿出曾经的两篇调查报告做参考。仔细分析，发现小马的调查报告具有普遍性，放在中国哪一座三线城市都适合。但问题是针对性不强，具体到社区的时候，这些数据根本没法用。再来看牛莉的调研报告，不但归纳了普遍性，各社区的数据也一目了然，比领导层掌握的数据更精确、更翔实，尤其是针对各社区的具体问题，牛莉不仅查找了原因，还提出了解决方案。于是，几百万元辅助资金分解的担子，便压在了牛莉肩上。

一年后，牛莉已经是科室负责人。小马因尽做表面文章，调到办公室打字去了。

牛莉的成功，显然不仅仅是踏踏实实做了一份调研报告。她的工作作风一贯如此，最终在工作中脱颖而出。

所谓天道酬勤，自古皆然。

鬼谷子，精于心理揣摩，深明刚柔之势，通晓纵横捭阖之术，悟得通天之智。鬼谷子隐居于清溪鬼谷，与世无争，不为名利，一切努力看似无效。但从他的弟子孙膑、苏秦、张仪等对历史的影响来看，他的努力显然没有白费。鬼谷子潜心研习，于己而言，自娱自乐。于弟子和后人而言，智慧留存，善莫大焉。

世上没有毫无意义的"无效劳作"。工作或生活，一点一滴，做到尽善

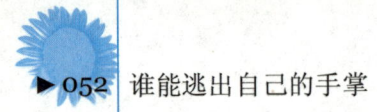

尽美,内心一定会充实、达观、宁静。

做好自己,尽百分百的努力,定能锻炼意志和耐力,塑造内心,丰富阅历,完善自我!

##  井

大巴山顶巅,花草树木郁郁葱葱,在这里享受充足的阳光,餐风饮露,整片森林处在原始状态,鲜活得十分招摇。山高,天便很近,白云在头顶缓缓移动,跳起来,伸手就能扯下一片云彩。空气,清新得醉人。

靠近山巅,有一处凹进的崖壁,像一个巨大山洞的入口,高约十丈,宽约十丈,弧形的洞口外延,垂满爬山虎,交织成一道绿色的珠帘,半遮半掩,使整座山崖显得宁静、神秘而安详。

岩壁下平整宽敞,能同时容纳两百多人聚会。崖壁外,是一片桂花树林,棵棵粗壮,须两人牵手合围。数十棵,围成比较规则的半圆,将这处凹进的崖壁层层围住,像一群忠于职守的哨兵,守护着一处宝藏——一口神奇的水井!

水井被凹进的山崖和翠绿的爬山虎掩护着,在崖壁下的正中,如一圆形大鼎,巍然矗立,能容纳十余担水。大鼎上方,悬挂着一根石柱,指头粗一线泉水从石柱的顶尖垂下,如一根剔透的水晶柱,悬空数十米径直插进水井中央,无声无息,不泛水花,不向外飞溅,静静的,润物无声。八个小孔,天然生就,在井沿匀称排列。当井水装满,便从井沿边的小孔流走。石柱上流下的水不够了，八个小孔就有水倒溢出来，迅速灌满水井，水井之水，永远是<u>盈盈</u>的满着，满而不溢。

水井有多老，没有人说得清，长胡子爷爷说，他的长胡子爷爷告诉他，往上数，好几代长胡子爷爷也回答不了这个问题。总之，比人出现得早吧！那语气里，仿佛水井才是大巴山的真正主人。因不知水井年岁，依形状，唐家寨人便称之——鼎井！

鼎井，养育着唐家寨一百多口人，无论再大的旱情，唐家寨也从不缺水。鼎井以宽厚的胸怀，庇佑着一代代唐家寨人。

桂子飘香时节，男女老少，休闲时聚在鼎井旁，用土碗或者瓦罐，舀起井水，一仰脖子，咕咚咕咚地咽下去，一声惬意的感叹之后，闭上眼，昂起头，捕捉空气中的馨香，顿觉感官清爽，身体轻盈，思绪缥缈，天地通透，身处天上人间。

饮鼎井之水，唐家寨的老少爷们，一个个身强体健，极少有人生病。姑娘们皮肤白皙，光洁如玉，即便是唐家寨从风沙凌厉的边塞娶回的女子，一年半载后，粗糙的皮肤也变得水嫩柔滑起来。唐家寨的年轻人，从来与色斑无缘，老年人，从不长老年斑。唐家寨在外上大学的年轻人，取了水样到实验室化验，原来井水富含硒、锌等微量元素，含量正好适合补充人体所需，有益无害。于是，在外创业的唐家寨人，便野心勃勃地抓紧攒钱，要开矿泉水厂，要让更多人享用鼎井的恩惠！

逢年过节，寨里德高望重的老人，会吆喝几个小孙子，走，拜鼎井去！这时候，唐家寨人快活地呼朋引伴，会聚起来，一层又一层，层层围住鼎井，静默地肃立，对鼎井感恩，为鼎井祈祷！敬完香、蜡、贡品，老人会指着井沿的小孔说，别小看这些小孔，下面连着龙宫呢！孩子们在连环画上见过龙的图案，对其呼风唤雨的神力很是敬畏。鼎井，既然连着龙宫，便从没人敢跳到鼎井洗澡，担心被井龙王吸进小孔，吸进诡秘的龙宫。拜完鼎井，才拜祭天、地、灶神，至于祭拜祖宗八代，则是最后的礼仪了。

寨子里的人乐观，爱开玩笑，但从来没有人拿水井开玩笑，我一直不明白,孩子们都看得出的生理造型,难道聪明智慧的唐家寨人看不懂?大学毕业后,读了丹·布朗的《达·芬奇密码》,我终于明白,倒垂的石柱和如鼎的水井,在唐家寨人的心中,就是圣剑和圣杯——他们心中的圣灵!

后来,山下开了一家煤窑,整天炮声轰鸣,地动山摇,石柱上流下的水柱细了很多,鼎井里的水也相应的少了很多,井沿的八个小孔再也没有水倒溢出来,每每看着风干的井沿,我便想井水再也不能灌注龙宫,不知道龙宫旱了,龙王是否着急?再后来,一条高速路从山下贯穿而过,那修建的阵势,十分浩大,小煤窑与之相比,只能算是小巫见大巫了。在唐家寨人的焦虑中,石柱上那根水柱变成了细线,变成了一颗颗珍珠,最后,珍珠也如梦一般,消散在空气中。

鼎井干涸了,灵气散了,崖壁外的桂花树,接二连三地死去。岩壁上的爬山虎,早成一网枯藤。整座山崖,灰尘遍布,暮气深浓,了无生机。

鼎井老了,带给唐家寨人硬生生的、无法言说的疼痛,唐家寨人在各自的心房,剜开一角,永远地把鼎井嵌入心海、嵌入血脉、嵌入基因和记忆,代代相传。

## 没有谁是不可或缺的唯一

前些日子,在某部门负责的老同学利牛来电话,让我推荐一位人品好、文字功力强的年轻人到他的办公室工作。利牛特别嘱咐,如果乡镇有这种条件的年轻人更好,因为可以给这些有才华的青年创造进城的机会。利牛的部门很特殊,上级领导很重视,所以,从这个部门走上领导岗位的年轻人很多,有人戏称这个部门是培养领导干部的摇篮。

我知道,这段时间找利牛的年轻人特别多,本城的、乡镇的、转弯抹角的亲戚朋友,大包小包地上门说情,很多人都瞅准了这个有前景的岗位。但都被利牛一一拒绝了,这些人都不符合利牛的要求,入不了他的眼,利牛是个赏才重才的人。

我想起一位在乡镇卫生院工作的年轻人,叫亢舟,不过二十三四岁,我看过他的博客,有思想、有文采、有抱负。我没见过他本人,也没有他的电话,便给他发了个博客纸条过去。我说现在有一个机会摆在他面前,对这个岗位做了详细说明,希望他能珍惜。他很快回话了,说,进城是他的梦想,他知道这个部门,很拽很拽的,到那里工作,他想都没敢想过。

我把利牛的联系方式给他,让他自己主动联系。亢舟回答得很干脆,说,绝不放弃这个机会。信心满满,坚决果断。我很高兴,又一个有志青年将通过自己的努力踏上人生新的起跑线。

因为忙,这件事情搁下就忘记了。过了几个月,一天空闲,我到利牛的办公室闲聊,突然想起那件事,便问那个小伙子的情况。利牛一脸惋惜地说,亢舟来过,见了一面,发现不合适,就放弃了。我说,不合适?这小子是个人才呢!利牛说,这小子或许在写作上有两下子,但是,这个岗位并不适合他,进城,对他来讲,他会更痛苦。

我很奇怪,听利牛说下去。利牛说,我让亢舟简单介绍一下自己,说说自己的想法。你猜他怎么说?他说他是全镇乃至全县最好的医生,但院长无视他的才能,长期亏待他,所以他着急想跳出来。我问怎么亏待他了,他说领导这也不是那也不是,无才无德。如果不是他拼命撑着,那所卫生院早就塌了。我问他在什么岗位上,他说院长嫉妒他的才能,给他安排了勤杂工的岗位。聊写作的时候,他很自信,说放眼全县,能成点气候的基本上没有。年轻人,自信点没错,但过于的自信就是狂妄。我总结了他的言行,一句话——没有他,那所卫生院的天空会塌下来。没有他,我们县文学艺术的天空会塌下来。他还没离乡,就贬损自己的领导。还没进城,就招摇得不可一世,他以为他是不可或缺的唯一?这种人,即便是才,我也不敢放手用。到了我这里,或许还是觉得屈才,还是觉得不受重用,这就难怪卫生院长不重用他了。老同学,你想想,进了城,诱惑更大,他看不惯的事情更多,亢奋不平衡的心态更容易发作,所以,他会更痛苦!

我什么也不好说,只是感叹,可惜的机遇,可惜的人才!

任何人,都不要太自以为是,或许你是唯一的,但绝不是不可或缺的。离开谁,地球照转,太阳照常升起,人们继将续生活,甚至包括你的亲人、爱人。更不要以为自己就是世界的主宰,谁也不是这个世界存在的原因,实际情况正好相反。

## 暖　冬

山野清冷的风悠闲地传递着阵阵松涛和声声鸟鸣,多情得让屋顶的炊烟摇曳得魂不守舍,晕头转向,最终融入天空。

每当抬头望天,德福老汉就情不自禁地想起天娃来,越想越挂念。天娃的名字中就有个天嘛!

要是天娃在身边,硬是要亲他两口,出门五六年了,让老子好想,幸好他过两天就回来了,还有未来的儿媳妇——可珍,是个大学生呢,天娃说自学考试时认识的,从天娃寄来的照片上看,可珍跟日历画上那些明星差不多。

两天后,天娃如期归来。一见面,就扯着老汉的手,没松开过。天娃身边,一个身材高挑、文静秀气的女孩儿——可珍,亭亭玉立地站在冬风中,看着忘情相拥的爷儿俩,抿着嘴笑。

天娃给早年逝去的娘上坟,天娃也天天想娘啊,泪水就肆无忌惮地下来了。可珍紧挨着天娃跪了下去,也一个劲儿地抹眼泪。德福老汉站在一旁,老泪横流。这么多年,德福老汉舍不得离开家乡半步,每天都会对着坟头说会儿话。

天娃和可珍去镇上领了结婚证,了却了老汉的一桩心事。

可珍很勤快,那只油乎乎的小猫也受到了前所未有的礼遇,可珍每天给它洗澡,小猫便越发的乖巧柔顺,招人喜爱。

可珍是幸福的源泉,快乐的轴心。日子,在可珍指尖的梳理下,幸福而飞速地流逝,一晃就到了天娃和可珍离家的日子,天娃和可珍年前必须回单位值班。

夜里,可珍精心准备了晚餐,非常丰盛,但每个人低沉的情绪还是不可抑制地流露到桌面上来了。可珍说,爹,一个人在家很寂寞的,跟我们一起进进城吧!德福老汉摇摇头,像喃喃自语:城里,隔这里远啦!说完便不再言语。

天娃知道老爹的心思,老爹每天得去娘的坟上说话,拔野草、清扫……这是他每天的功课呀。

饭后,天娃陪着德福老汉看电视,可珍收拾完杯盘碗筷,在火炉上烧了一大锅水,还放了些中药材进去。德福老汉看不明白,年轻人的事情,也不便多问。

药水熬好了,屋里弥散着药水蒸发的馨香。可珍兑好药水,把脚盆端到德福老汉跟前,说,爹,让我给你洗脚。

德福老汉突然就傻了,脑袋完全蒙了,像长出一个疙瘩,涨得发麻,思维哗啦地一下炸散了,散落一地,蒙了。他一边说,我自己洗,我自己洗!一边从椅子上挪开身子,跟跄几步退到墙角,连连摆手,像一个躲避挨打的孩子。

这种反应让可珍傻了,愣在原地不知所措。她哪里知道,按天娃老家风俗,儿媳妇是不能给公公洗脚的。公公和儿媳,大伯和弟媳见面要相互回避,不能坐同一根板凳,相互间更不能开玩笑,即使是在不经意间把对方的手挨着了,或者不小心擦着了对方的衣服,也会被视为不懂规矩的笑柄,一直会取笑到子孙后代的头上去。

俗套能套住俗人,但套不住脱俗的年轻人,更套不住晚辈对长辈的孝心! 天娃见的世面多,当然无所谓这些规矩和俗套。

天娃将德福老汉拉到了脚盆跟前的椅子上坐定,德福老汉还是表现出绝对的不合作,像一只刚上犁铧的牛,横来竖去地犟! 天娃从椅子背后用双手罩住德福老汉的肩膀,贴在德福老汉的耳朵上说,爹,可珍就跟您的女儿一样,女儿给爹爹洗脚是天经地义的呀,这些药水,是可珍专门为您买的,消除疲劳的,我们走了,没人照顾您,您不要太劳累,每天晚上记得用这药水泡泡脚,爹,您别让可珍为难。

不知是刻意,还是巧合,电视上正在播放一则公益广告——爱心传递:才三四岁的儿子,看见妈妈给奶奶打水洗脚,记在心里了,妈妈下班回来,这个可爱的小男孩学他妈妈的样子,端来一盆水给妈妈洗脚。

德福老汉虽然把头摇得像拨浪鼓,但对峙的形势却渐渐缓和下来。

天娃绕到老汉的面前,与可珍一起蹲下,一人提住老汉的一只脚,脱掉鞋袜,轻轻放进盆里。温暖,瞬间从老汉的脚底流向心底,奔向全身。德福老汉没喝多少酒,现在却醉了。不一会儿,响起了轻微的鼾声。

炉膛里的火苗在欢快地跳跃,暖融融的气息,在冬夜的每一个角落弥散。

# 第 五 辑

一枚符号的能量

天上人间桂花香 / 鱼鳞片片 / 卑微的低调 / 清明时节泪雨飞 /
快乐老家 / 有一种乐器叫拐杖 / 一枚符号的能量 / 忧伤的吉他

## 天上人间桂花香

不轻浮，不烂漫，不恣肆，恰到好处的一丝丝暗香，从金黄的花蕊中游离出来，铰结着，缠绕着，拧成一股一股浸人心脾的芳醇，内敛而清爽，缠绵而执着，密密匝匝的，细细碎碎的，潜移默化的，不可阻挡的，把脚步牵动了，把心揪住了，把魂摄走了，把一颗颗嗅觉细胞浸透了、灌醉了，它们也芳香起来。于是，人间诸味消散，唯有桂花馥香，弥散天上人间。

八月中秋，万家团聚，桂花的幽香传达了这一信息。无论在天涯，还是在海角，嗅觉让人念叨家乡、亲人、亲情与爱情。缺少了温婉的香，这个隆重的节日，便缺乏内蕴，失去了味道。

抬头仰望，月宫中的桂树，正向人间倾洒着浅浅的光华，朦胧着万水千山，朦胧着一颗颗思家游子的心房和有情人相思若渴的眼神。脉脉清辉，淡淡香气，光与味融合渗透，酝酿发酵，像逃逸于世俗之上的爱情，超然而出，汇聚成清香的海洋，把人们浸泡在幸福中，从体表的毛孔开始，节节缠绵，寸寸浸润，直达民族的基因。

月宫，神话传说中桂花在天界的芬芳之地，是中华民族精神的后花园，是我们深情眺望的重基归宿。寂寞嫦娥舒广袖，这个多愁善感的女子，顾盼神飞，令中华儿女为之痴迷。这个超凡脱俗的仙子，倚着一棵蜿蜒遒劲的桂树，把浑身的女儿香，嫁给桂树，献给桂花。沉香，让冷寂的月宫，焕发出缕缕生机，吸纳着数千年的仰望和亿万人的思念。

据说玉帝喜欢嫦娥，被嫦娥婉拒。玉帝便令吴刚修广寒宫，欲将嫦娥金屋藏娇，与世隔绝。吴刚与嫦娥日久生情，玉帝觉察，将广寒宫赐予嫦娥，吴刚被流放人间。吴刚相思成灾，感天动地，其倾注在月宫中的心血，幻化为一棵桂树，开出芳香四溢的桂花，慰藉寂寞的嫦娥。嫦娥芳心暗悦，广寒宫便绽放出柔美的月华，震动寰宇。玉帝得知广寒宫长出桂树，心知有异，便召回吴刚，令他砍伐桂树。那可是伐自己的爱情呀！每砍一斧，吴刚便心疼如绞。谁知，斧子刚抽出来，桂树又完好如初。桂树，是吴刚对嫦娥心血之爱幻化而成，是爱的象征。天上人间，谁能阻隔得了真爱？

桂香缥缈，柔婉绝伦的爱，那么隐约，那么静默，那么让人黯然销魂。

诚然，月宫是我们幻想出来的，没有美丽的宫殿，没有高大神奇的桂花树，这颗地球的卫星，只有死一般的寂静和冰一样的冷清。但浪漫的桂花树，作为收获幸福生活的美好寓意，被我们的祖先用冥想的方式种植在遥远的太空，种植在浪漫的月宫，种植在祖祖辈辈翘首渴盼的精神田园！

走在一棵棵桂花树下，看着枝叶间零碎的银白和金黄，遥想人世间的亲情，遥不可及的月宫，穿越千载的花香，跨越千古纵贯天地的爱情……最终明白：桂树，以遒劲的豪放，表现一种坚韧的情怀；桂花，以零星的婉约，凝聚着坚不可摧的情感。刚柔相济的馨香，是一种缠绵悱恻的见证，凝练而厚重，静默而恒久，让人为之逸兴腾飞，迷醉千年。

## 鱼鳞片片

任江，一条清可见底的江，一条世界上最干净的江，一条让人看一眼一辈子都忘不了的江。

夹岸而居的人们,为了保护这一条清纯的河流,不允许造船,怕船会影响水质,在两岸拽起数条钢绳,铺上木板,缝隙之间上了桐油和石膏,连桥面上的灰尘也漏不下去。

水里的生物,都被视为灵物。在这里,猎杀水中生物,被视为对任江的大不敬,会被当作污蔑图腾而被处罚,遭到所有人的唾弃。

孤儿嘎子不信邪,嘎子自小就长有反肋,满身污垢的他,从小就把自己泡在任江里。十几年来,族人们心里一直扎着这根刺,直到嘎子长大后出了远门,村里人的眉头才渐次舒展。

嘎子在出门两三年之后,几乎光着屁股乞讨而回。嘎子却豪言壮语,当着全族人的面说,他要靠山吃山,靠水吃水。

嘎子脑瓜子活,非常好使,他把鲜美可口的任江鱼,不定时地供奉给任江两岸的执法部门。嘎子在任江里捕鱼,自由得跟在自己家的菜园子掐韭菜一样。

这几年,任江鱼的销路极好,原生态食品市场价格一路攀升。

嘎子把不住钱,每次从城里卖鱼回来都两手空空,银子全花了,给了那些身上只穿几片纱的洗脚城或者是发廊小姐。族里的人就诅咒嘎子:作孽的那根玩意儿,一定要长鳞斑的。

嘎子在两三年间,用刮网、拖网、拦江网把任江里的鱼差不多捞干净了,一寸两寸长的也不放过。任江里,基本上就只剩下鱼苗了。

嘎子在外面见过世面,嘎子有办法,用网不行,就用炸药!一炮炸药扔下去,一群鱼儿浮上来。

嘎子第一次炸鱼,收获颇丰,一炮下去,几十斤、上百斤的任江鱼就仰面朝天地浮了上来。

任江鱼,面临着毁灭性的捕捞。

一天,嘎子捆好炸药包,来到滚滩。这里的水不是流,而是滚,狂浪翻飞。嘎子把捻子剪得短短的,目的是炸药下水就炸,反应再快的鱼,也无处逃生。

嘎子熟练地点燃导火线，高高举起，准备扔向目标。或许地势险要，嘎子的心里可能有点紧张，嘭，一声巨响，嘎子觉得眼前一片朦胧，不是溅起的水花，而是四处飞溅的鲜血。

嘎子半天才回过神来，检查自身的零件，发现左手和右手都只剩下拇指和小指了。嘎子一声怪笑，留两个指头有球用，便硬生生咬掉左手剩余的两根手指，呸的一声吐到江里。嘎子看见，一群大鱼小鱼在江里一阵翻腾，几截断指便瞬间失去了踪影。嘎子把右手伸到嘴边，但想了一下，没舍得咬，他必须留下它们点炸药捻子！

嘎子在滩上撂下一句狠话，老子还炸，炸到狗日的断子绝孙！任江无语，依旧腾挪跌宕，挟着怒吼，翻卷而去。

两个月之后，嘎子进军悬滩。悬滩怪石嶙峋，旋涡无数，是任江最陡的险滩，江水，几乎不沾河床，悬空而过，弹射而出，夹杂千钧之力，张牙舞爪地向下游砸去。雷霆万钧，霸气冲天，令人心惊胆寒！

滩边几乎没有立锥之地。嘎子腰间系着绳索，吃力地从半山崖坠下来。嘎子手中拿着很大的炸药包——嘎子准备对悬滩的鱼群做最后的终结，想一劳永逸。

嘎子找到了合适的位置，小心翼翼，费了不少神才将炸药包放稳。算计好方位和力度，右手拇指和小指也配合良好——复仇心切的嘎子，在家里经过了艰苦卓绝的练习。

眨眼间，嘎子将引子点燃，旋即飞起一脚向炸药包踢去。

轰隆一声巨响，悬滩，没有出现意料中的波澜万丈。炸药包响早了，断腿的嘎子，跪在滩边的崖石上，像一条被炸断的鱼。天地在他头顶倒转了过来，嘎子觉得有点眩晕，有点疲倦……

嘎子已经感觉不到下肢的存在，脚下虚空，嘎子的血在崖石上弯弯曲曲地流淌着，一条一条，一道一道，诉说着嘎子的罪孽。

血污中，溅落的鳞甲，污迹斑斑。那不是任江鱼的鳞片，而是来自嘎子的早已染病的下体。

嘎子很想一头栽到江里去，让江水最后一次清洗他染病的下体，让江水洗涤他所有的罪恶。这样陡的地方，只要他稍一侧身，就能掉到江里去。但放他下滩的那根绳子，忠实地履行着职责，牢牢地系在腰间，吊着嘎子，使嘎子跪着的姿态，得以定格。形式上，嘎子最终履行了对任江的忏悔。

良久，嘎子努力睁开眼，看了看任江和悬滩。滩上，一群大鱼小鱼在白浪中欢快地飞跃，自由地穿梭，一如天空的飞鸟……

## 卑微的低调

德福自称谦谦君子，对谁都恭恭敬敬，礼数周到，低调到家，一张笑脸，一副谦恭相，有道是礼多人不怪，有礼节比没礼貌要好。总之，德福把自己放得很低，为了照顾别人，为了让别人有尊严地活着，自己宁愿低到尘埃里去！德福的好脾气、好德行及待人接物的好方式，使他成为这个乡镇中学人缘最好的人。

上德育课，老师总是拿德福为榜样，教育自己的孩子，家长以德福为楷模。于是，德福成为校园的道德楷模。因为德福的好口碑和爱岗敬业，赢得了学生爱戴，教学质量步步攀升，被县中学校长看中，破格选拔到县中学任教。

圈子更大，人缘更复杂，德福更是小心翼翼。县城可比不得乡下，到处藏龙卧虎，再说初来乍到，必须赢得领导和同志们的认同。所以，德福更是如林黛玉进贾府，步步小心时时在意。

校长知道德福曾经办过校刊，文笔也过得去，有办刊经验，准备创办校刊,让德福当主编,给师生搭建一个交流平台。德福心头一惊,这么大一所学校,中文系本科毕业的就有近五十人,这些人谁不能当主编啊?当一个刊物的主编,等于为自己搭建了一个迅速展现才华的有效平台,哪个不知,谁人不想?自己刚刚调进来,就挑这个大梁,必然被人眼红,只有主动让贤,才能给其他老师机会,才能不被其他老师嫉恨。于是,德福找了千般理由,万般推辞。最后撒谎说,自己确实没有这方面的特长和能力,以前在乡镇中学办刊,自己只是挂了个名儿,活儿是别人做的。校长见德福说到这份儿上,便只好作罢,从此对德福的能力信任大打折扣。

此后,有领导说德福的好,可以重用时,校长不再表态,其他领导也只好作罢。德福便失去了很多展现能力的机会。久而久之,领导和老师普遍认为德福乃一平庸之辈,尽管德福愿意与他们主动交往,但他们大多对德福都不屑一顾。

每天出入学校大门,低调的德福总是要跟门口站岗的校警打个招呼,不久就跟他们混得烂熟,其他老师很少跟校警交往,一文一武,毕竟不是一个圈子的人。德福不以为然,认为在一个学校,相当于一个家,没有高低贵贱,只有分工不同而已。一次校警有急事,交班的时间没到,校警便把德福往岗亭里拉,说好兄弟帮忙顶一下,只是回宿舍上个洗手间,马上就来。谁知校警一去不返,德福走也不是,守也不是。后来,其他校警也跟着效法,有事没事,扯着德福让他替自己守岗亭。

不仅如此,德福和清洁工也套近乎,这完全出于他的和谐理念,希望见到的每一张脸都笑容满面,处处阳光灿烂。偶尔,碰上清洁工有重的垃圾,德福也顺手帮忙提提,碰上清洁工扫厕所,德福也会拿着水管冲刷一阵。后来,清洁工有事,就请德福代班。德福很为难,但既然熟悉到这个份儿上,也不好不答应。德福便在课余时间挥汗如雨地扫楼道、拣纸屑、搬垃圾、卷起裤管冲厕所……

德福与校警和清洁工打成一片,常被清洁工和校警呼来唤去,在同事们心中,德福不但是校警的替补,也是清洁工的替补。

德福处处受人冷眼,遭作贱,心理委屈得不行,度日如年,萎靡不振。尽管课还是讲得顶呱呱,但各年级组都不想要德福,最终德福被安排到工勤岗位,成为货真价实的校工。

低调的德福,不知道万事都有个度,都有个底线。低调也是有底线的:第一是不否认自己。第二是不伤自尊,不妄自菲薄。过分低调,不仅伤害了自己,还伤害身后的亲人、朋友、前辈。否定了自己,就否定了亲人、朋友、前辈的关照,否定了他们鉴别人的眼光和评判人的智慧。

做人,应该低调,但要适度,一味地不分场合、不分对象的低调,就成了卑微。低调是一种艺术,一种美德,卑微则是一种懦弱,一种缺陷。

## 清明时节泪雨飞

那年春天,某个清晨,我在喧嚣的县城广场散步。手机响了,表妹在电话里哽咽着说:"娘不在了……"世界,突然暗哑下来。抬头望,阴郁了许久的天空,雨滴,正从天空向脸颊滑落……

人生像幸临凡尘的雨滴,刚才还挂在睫毛上晶莹地晃动,眨眼间就消逝了,跌入尘埃,弹指一挥间!

头脑一片混沌,风驰电掣地赶路回乡,惟有舅母的形象十分清晰:独自一人长年累月地侍奉着多病而苛刻的外婆,拉扯两个尚未成年的孩子,家庭的所有重担,全压在她孱弱的肩膀上。没有一声叹息,没有一丝抱怨,她嘴角的笑意总那么柔婉,跟年画上的菩萨一样。

舅母家笼罩在一片硝烟缭绕的氤氲里，表妹红肿着眼睛见了我，泪水一下子从她的眼里飞溅出来。我从没见过泪水会飞，会飞的眼泪惹人，会飞的眼泪撕心裂肺……

堂屋里，这个舅母经常操劳的地方，已经看不见她忙绿的身影了。她的微笑被关在一具黑黢黢薄木板里，与所有的亲人永远阴阳两隔。站在舅母灵前，想起她热情细致的待人接物，我泪眼朦胧，倒头叩拜……灵柩旁边一位老年妇人使劲把我从地上拽起来，她拉我到旁边的小厨房，为我煮面条，说，都大中午了，阿航还没吃早饭呢！阿航有出息啊，我娃要是活着，也快30岁了！这句话像一块石头，砸穿了被悲情冰封的心海，凄泪苦水溅洒一地，空气，被瞬间冰封。我失神地呆坐着，一句安慰的话也说不出来。好半天，才想起来，这是我一位远房舅母，生活艰难凄凉。见我受惊了，她面带歉意地叹口了气：哎，阿航莫往心里去，我娃就算活着，又有啥用？还不是流血流汗一辈子？早死早投生，说不定去了一个富贵人家呢！

这位慈祥的老母亲，把痛彻心扉的悲苦表述得波澜不惊，仿佛在诉说与她无关的事。她没哭，有条不紊地切葱花儿、煎油、炕蛋……我分明看见她有几滴眼泪掉进面汤里去了。心有大悲，尽管表情平静，眼神安稳，也难抑老泪纵横。这碗面，我剩了不少，我纵算掏空心扉，也咽不下这位穷苦乡村妇人的全部泪水。

晚上，孝歌班子围着棺木给舅母转灵。一个人打鼓引路，一圈一圈地围着灵柩，扯着嗓子游唱，嗓音苍凉。一个人敲锣紧跟其后，偶尔高声附和，偶尔浅声低吟，无不悲惋凄切。后面有四五个孝子，头上都包着长长的白孝帕子，从脑后一只拖到脚后跟。

转灵是一种自愿，代表着一种绝对的真诚，对亡灵没有感情的人，是不会来转灵的。这是对亡灵做最后的、近距离地告别，尽管隔着几块木板，据说还没有走远的亡灵，还能感受到亲人的温暖。为舅母转灵的孝子，不断地被旁边挤进来的孝子挤出去，替换掉。堂屋不大，容纳转灵的人数实在有限。一根根缅怀舅母的接力棒，无形地在孝子中紧握、传递、轮回！

亲人们,抓紧时间补偿对舅母的怀念与歉疚,善解人意的舅母,生前从来不愿意享受亲人们对她的恭敬,她习惯了倾其所有地付出。这是惟一的一次,她已无法拒绝。

我始终没有听清孝歌班子在唱着什么,但我希望舅母能听懂,更希望这种热闹的民俗仪式,可以让正在天堂路上,一如往常迈着匆匆碎步的舅母,有歌声陪伴,不至于如生前的日子,冷清寂寞。

因为舅母从阳世到阴间的穿越,多年不见的亲友们从四面八方汇聚在一起,这,是她最高兴见到的——亲朋满座的节日里,我们端坐席间享受舅母精湛的手艺。忙忙碌碌,迈着匆匆碎步的舅母,满心欢喜地穿行在厨房和堂屋之间,一脸菩萨式的微笑。

那一夜,我和表妹手中擎着一炷香,围着舅母的灵柩祈祷,周而复始,直到天明!

又是一年清明节,我和表妹站在舅母的坟前,培土、上香、挂坟飘,祭奠舅母。不经意间,我看见表妹的眼泪又飞溅出来,惹得漫天细雨飘洒。雨的滋润,碧草如浇,山野翠绿。桃花如染,姹紫嫣红……

慈善的舅母,愿您在天国安好!

## 快乐老家

有中国人的地方,就有关于老家的记忆,老家的印象,老家的思念。

老家是中国人心中一个根深蒂固又挥之不去的情结。对老家的渴望,就如同小时候回外婆家一样,每一次都会留下温馨的记忆,一次次的温馨难忘,越烙越深,几辈子也忘不掉。

邀朋友一起回老家,摩托车才到老家的半山,朋友停了下来,说要休息一下,有点高原反应。

老家的山有多高,不知道,没有很专业的技术人员做过测量,只知道那个地方,有大半年的时光都在下雪,到处都是白茫茫一片,几乎没有一点杂色。像天山一带的雪域风光,银装素裹,分外妖娆。

老家的媳妇有一半是因为雪的缘故,才嫁上高山的,低山的小姑娘哪里见过这么气派的大雪,一上我们老家的高山,便被磁住了,不愿再下山,一住就是一辈子。我的嫂子就是其中的一位。那一年,大哥带回来一个身材高挑、苗条秀美的女子,整个儿就一冰雪美人。说是来看看门户,全村人都说这么洋气的女子绝对不会嫁上这老高山的,可谁知,这女子一到家就把大伯叫爸爸,从此就住了下来。大哥一颗悬着的心终于放下,暗暗感谢上苍,那天的雪比平日往常猛了好几倍,纯粹就是一场暴雪,这让从未见过这种"大场面"的大嫂吃了不少苦头。大嫂刚看见这些洁白无瑕的雪时,和其他女孩子一样兴奋得不得了,任着性子蹦蹦跳跳地跑起来,一不留神摔倒了,恰巧滑进一个雪沟,一瞬间,整个身子都钻进了雪洞,只有头剩在外边,像钻进了一个白色的睡袋,严严实实的。大嫂费尽了全身的劲也没有爬出来。最后是大哥挖了很长时间的尖冰硬雪才把大嫂从雪窖里救出来。大嫂是个硬性子的人,说这里的雪这么霸道,我就不信这个邪了!大哥赶忙说,与天斗其乐无穷,与地斗其乐无穷,看你敢斗它不?大嫂咬着嘴唇狠狠地点了一下头!大嫂是感激大哥的救命之恩才嫁给他的。现在,大嫂早就练就了一身本事,能在雪地上行走如飞,既轻盈,又稳当,说是"凌波微步"也不过分。两口子和睦得不得了,幸福得不得了。大哥说,感谢暴雪,大嫂说,感谢暴雪。

老家虽高,几乎到了大巴山的顶巅,但是地形却相当好,大致是盆地概貌,并不是十分险峻。雪季滑雪,在老家是一大乐事,老家滑雪的方式具有地方特色:在一张光滑的木板上安装一个简易的扶手,放在雪坡上,加一只草凳，或一只布垫，往上一坐，两手扶着前面的扶手，雪橇就平平稳稳地滑动起来。一位外地朋友跷着拇指说，在这里滑雪，比起玩狗拉雪橇，爽多了。因为老少皆宜，几乎每一家都有一条专修的冰雪滑道，家里有老人和小孩的，要多修两条，选择不同的坡度，陡的惊险刺激，缓的舒坦惬意。前两年，老家的风物景致上了电视，来老家滑雪的朋友就更多了。

老家因为山高，污染少，破坏小，植被覆盖完好，夏天，满眼的绿色，典型的瑞士农村风光。山高气温很低，凉爽，老家的人从来不用电风扇，也从来不用冰箱，大热天午睡，也得盖被子，不然，准感冒。刚天黑，就要加长袖衣服，晚上，更没有乘凉的概念，就知道一个字——冷！围着火坑取暖，如果到外面转一圈，一定得打两个冷战，打两个喷嚏。客人不知道这个理儿的，一不小心就感冒。从集市上买的鲜肉回来，随便放在山上的哪个风洞门口就能保鲜，十天半月去取，味道比冰箱里取出来的还要鲜嫩。

老家的民风极其淳厚，山高，基本上没有受到城市虚浮的污染。虽然血缘关系的纽带早已相对松散，但还是处处显现出一个大家庭的敬重与和睦。老家人但凡遇到小事，不分彼此，绝对会倾巢而出，全家总动员，把事情办得周到、体面、排场。谁家有了客人，就是大家的客人，一家一家地轮番请客，让客人们感慨万分。老家人都爱走动，两天没见就是稀客，亲热得跟想念了几辈子才见到一样，先拉着一阵子家长里短，接着要么是酒菜上桌，要么是围着火塘，在吊罐中煮火锅、涮羊肉，再接下来就是酒不醉人人自醉了。谁家的苹果梨子先熟，谁就会挨家挨户地送给乡邻们尝鲜，谁家有人要出远门了，前一夜准有乡邻们送鸡蛋、茶叶祝福，第二天一大早，乡邻们一定要在自家门前等着送上一程。我上大学那年，相邻们都来祝贺，安排了十几席。第二天，天还没有亮，每道山梁上都燃烧着为我送行的火把，让我热血沸腾的火把，在我的身后汇成一条长长的火龙，护送着我，关爱着我，离故乡渐行渐远……父老乡亲，我可敬可爱的父老乡亲，用最纯朴的方式，照亮了下一代人远航的心灵……

老家，是一个温暖的怀抱，陶醉着家乡的孩子。老家，是一个深情的词汇，把世间所有的真善美，囊括其间。老家是一坛绵长的老酒，让人历久弥香，韵味无穷。老家是一种说不清道不明的思念，才下眉头，却上心头。

## 有一种乐器叫拐杖

德福终于找到了一套大一点的出租房，性价比非常符合德福的消费期待。两口子都刚从乡下调进城不久，什么花销都得计划着来。

以前，德福一直住在一间黑不隆咚的单间出租房里，老婆整日唠叨说不方便。没有厕所，没有厨房，怎么方便得了呢？一个大杂院，三层楼十几间房围城一个筒子楼，每一间房里都住着一户人，全是进城的农民工，拖家携口。巴掌大个筒子楼住着十几户人，前胸后背都贴着人。

德福有午休的习惯，每天中午必须睡觉，哪怕只是半小时，甚至十分钟，只要睡着了，晚上就算工作到十二点也不会疲倦。要是中午不休息，整个下午和晚上，瞌睡会时刻缠着他，像个难缠的债主，随时在眼皮子底下杵着，甩都甩不掉，就别指望有精力做什么了。

在那个小筒子楼里，午休是德福的噩梦，每次刚进入梦乡，隔壁吵孩子的，打扑克的，划拳喝酒的，两口子闹分裂的，骂骂咧咧调情的，吱吱嘎嘎在床上做运动的……那些乱七八糟的声音总是把他那圆满的梦境击敲击得支离破碎，让他苦不堪言。

德福憎恨那些无所顾忌大声喧哗的家伙，尽管那些人在德福眼中善良得无以复加，但谁骚扰了他的午睡，谁就与他不共戴天，德福对他们的好感，正在一天天消退。长期不能正常午休,德福发现自己神经衰弱了。

德福楼上住着的精力旺盛的两口子,男的是搬运工,女的调灰浆,都在建筑工地上当零工。男的喜欢穿木屐拖鞋,女的从来舍不得脱掉高跟鞋,要知道,这座楼房的楼板太薄了,拖地的摩擦声,甚至是掉一根针,也能原声再现地传给楼下。"踢踢跨跨"的巨大的响动常常将德福魂飞魄散地从梦乡驱赶回现实。

德福只能心里烦,不能抱怨,更不能指责。要知道,中午的时候,正是劳累了半天的农民工享受生活,放纵自己的时候,谁好意思去制止他们?再说,怎么制止?是像一个乖孩子一样乞求他们别吵?还是像泼妇一样两手叉腰地骂人?想都别想,这些虎背熊腰的人哪是德福惹得起的?有几个每天闹得最凶的民工媳妇,泼辣得像《红楼梦》里的凤辣子。不,还厉害,凤辣子不说粗话,这些女人,就算是她的亲老公惹着了,也能嗓音尖锐,一句不重复地骂两小时,把男人骂得狗血淋头。男人们挨骂时大多蔫头耷脑,左顾右盼地躲闪,那么小的空间,哪里找得着藏身的地儿?只能把头使劲往两个膝盖中间钻,恨不拉开拉链钻进去,用裤裆罩着。

搬离那个大杂院,过去的就过去了,管他呢,德福总算是脱离苦海了,计划着怎么安排新生活,这毕竟是一个新起点。小家庭生活方便多了,有厨房,有卫生间,有客厅,有卧室,有书房,有二十四小时热水……

搬家累了一整天,德福觉得骨头都散了。筒子楼喧嚣的声响早已远去,耳根清净,德福倍觉欣慰。吃着老婆烧的香喷喷的饭菜,洗了个澡,又精神抖擞了。晚上,两口子偎依在宽大的卧室里,温馨的氛围似乎又回到刚结婚的时候,他们开始憧憬新的生活目标——买房!

中午,老婆一般在学校吃饭,在学校休息。德福乐得一个人不受干扰地午睡,才看两篇短小说,眼睛就睁不开了,好好享受午觉吧。老天,真幸福啊,扔掉小说,伸个懒腰,打个哈欠,钻进被窝,耳边几乎是一片宁静,十分的惬意。银子花得多,生活品质就是不一样。

德福放心地睡过去了,一边睡还一边朦朦胧胧地想,中午好好睡,下午好好干,精力充沛地投入工作,早些把买房的钱赚够,然后再买车,然后再自驾游……在德福意识中,午睡不仅关乎下午的工作,还关乎前途命运,关乎今后的幸福……德福把握不住了,思绪慢慢散了,像冒出烟囱的烟,开始还能聚着,但最终收束不住了,飘呀飘,飘起来,飞远了……

突然,哆,哆,哆……一声声,果断而执着,像炸弹,重磅炸弹,一颗接一颗地从天花板上扔下来,把德福尚未成型的美梦炸得粉碎。德福吓醒了,好像前后左右都有黑洞洞的枪口在指着自己,一不留神,子弹将从暗处射进他的身体,他的心脏。心,扑通扑通狂跳,仿佛不是在体内,而是被吊在万丈悬崖上荡秋千……浑身冰冷的德福惊恐地圆睁着双眼,死死地盯着天花板,寻找那罪恶的源头,咒骂那该死的声响。

毫不避讳,哆,哆,哆……一声声,从天花板的左边,一路响到天花板的右边,接着,再从天花板的右边,响到天花板的左边,肆无忌惮得跟天王老子似的。德福等呀等,盼呀盼,心想你总有个累的时候。终于,声音停止了,德福开始重新入睡,但是,怎么也迈不进梦境的门槛。当然啦,梦乡又不是韭菜园子,哪是想进就能进的?

德福坚持着,一天,两天,三天……后来竟是天天如此,每天只要德福刚跨进梦乡的门槛,那个被德福咒骂了无数次的该死的哆哆声一定会准时地、不失时机地响起,像故意与德福作对。德福快崩溃了,他不能再忍,他必须面对,解决!

那是第七天的中午,忍无可忍的德福终于爆发了,从床上蹦起来,衣衫不整地摔门而出,杀气腾腾地冲上楼,怒气冲冲地拍打楼上那家人的门。半天,没人开门,只听到屋里有哆哆的声音,由远而近,一直响到门边。门,终于开了!德福满脸愤怒,满腔的怒火终于找到了倾泻的出口,如果怀里有一支狙击枪,他一定会不顾一切地向那扇罪恶的门里一阵狂扫……

当门内的情景真正出现在德福眼前时,德福张口结舌,怒火也风卷云残,愤怒的潮水在一瞬间跌落。德福像一个做了坏事的孩子,结结巴巴地说,对,对不起,敲,敲错门了。

门里，一位老奶奶，单腿支撑着身体的重量，另一条腿，无力地蜷缩着。老奶奶右腋下挂着一只木拐杖，努力平衡着自己，满脸慈祥地望着德福，说，孩子，我知道你刚搬来，住楼下，现在是邻居了，敲错了也不打紧，进来喝口水吧。德福说忙说，不，不打扰了！

德福看着那根曾让他险些丧心病狂的拐杖，纯木结构，做工极为粗糙，但拐杖触地的末端，却用棉布厚厚地、紧紧匝匝地缠了一大团，包得像一只漂亮的马蹄。显然，这样做的目的是尽量减弱敲击地板的声音。看来，老奶奶已经早考虑到影响了，在拐杖上做了消音处理。怪不得德福在楼下听不出到底是什么声响，沉闷，顿挫。

这时，一个背着书包的小男孩从楼下跑上来，老远望见奶奶，脸上瞬间笑成一朵鲜嫩的花，在门口张开手臂把奶奶抱了一下。他太小了，尽管是象征性的，看得出他和奶奶十分亲近。奶奶也回抱他，然后让他转身，指着德福，做了个手势。小男孩长得眉清目秀，望着德福，甜甜地笑笑，用手比画着指指屋里。德福看懂意思了，是请他到屋里。德福摸着小男孩的头，对老奶奶说，您孙子真是个乖孩子。小男孩进去了，把书包放在靠墙的桌子上。

老奶奶悄悄对德福说，这个孙子是我捡来的，很乖，不淘，最爱学习，成绩好着呢，是个很懂事的乖孩子。但他听不见，我五年前在广场上锻炼的时候捡的。那时他才不到两岁，睡在堆垃圾的角落里，冻得瑟瑟发抖，却没有一丝哭声。我以为他把嗓子哭哑了，捡回来好些天才发现，他什么也听不见！我把他带回来，儿女们不理解，说我本身行动不便，还捡个孩子怎么办，何况是个又聋又哑的孩子？最后，儿女们一个个都搬走了，就剩下老婆子和这个小家伙了。

老奶奶回头望了一下正在做作业的小男孩，面上露出幸福的笑容。

见德福盯着着自己的拐杖，老奶奶解释说，她蜷缩着的那条腿患了重风湿，前几年就不管用了。但挂拐惯了，走路也没有太大的妨碍。她每天清早从菜农手里收菜，一瘸一拐地赶到菜市场去卖。中午赶回家给小家伙做午饭。下午，小家伙上学后，她出去捡垃圾，她说她要趁现在还走得动，给小家伙上大学多攒点钱……

不知什么时候,几滴泪水滑出德福的眼眶,久违的感动涌上心头。

下楼,德福心潮起伏,久久不能平静。

自此,每天中午,德福会在哆音里睡得很踏实,睡得很香。哆哆哆哆的声响,已经成为德福的催眠曲。他知道,老奶奶在楼上制造的每一个哆音,都是为小男孩敲下了一枚幸福的音符。断断续续的哆音,是老奶奶为小男孩奏响的爱的心曲。德福希望这种哆音一直敲下去,敲到小男孩上大学,敲到小男孩成为顶天立地的男子汉……

每天午睡,德福都期待哆哆的声音响起。只要哆音响起,就说明老奶奶很健康,小男孩的生活就充满希望。德福甚至想,哪天老奶奶拄不住那根拐杖时,他会接过来,为小男孩撑起一片蓝天!

# 一枚符号的能量

符号学是一门古老的人文科学,广义上研究符号传意,包含涉文字符、讯号符、密码、古文明记号、手语等。符号的主要表现形式是文字,古老的象形文字,本身就是一种符号,传递着某种讯息。莫斯密码,电子计算机技术二进位制中的代码0和1,同样是符号,代表着一种讯息,被转化,被翻译,被到处传递。

2010年10月8日,是符号学的幸运日。韩寒的一篇文章被新浪博客首页推荐,正文没有一个字,只有一个双引号。但就是这一对莫可名状的符号,却引来近百万人的围观,两万多人留言,近千人转载,300多人收藏。一枚符号居然有如此巨大的魅力,令人匪夷所思,难道他们都是符号的信徒?如果不是对这个符号有非同常人的解读,新浪编辑绝不会兴师动众地加精推荐!

有一则笑话,甲问乙,"柱"字怎么写?乙伸出食指在空气中一笔一画地示范,说左边一个木头的"木",右边一个主人的"主"。甲点点头,说明白了。乙写完用手掌在刚才写字的空气中挥舞了几下。甲很惊诧。乙说,擦掉嘛,这么大个"柱",等会儿有人撞上可不得了。对无形符号的如此重视,看来比韩寒的粉丝们还疯狂!

据说玛雅预言是用难以辨认的符号写成的,通过已经破译的内容来看,不仅昭示历史中的重大事件,甚至对未来世界的走向也有预测,于是有了2012世界末日之说。不管玛雅预言有没有那么神奇,也不管翻译得是否精准,这些神秘的符号,穿越了几千年时空,仍然能让人惊恐战栗,这就是符号的力量。

把符号运用得最全面、最系统、达到极致的是美国作家丹·布朗,把宗教符号学、炼金术、占星术等自然科学和社会科学中的符号元素熔铸在一起,一个符号链接着一个符号,指向关乎人类生死存亡的重大秘密,让亿万读者的思绪跟着倒三角、五芒星周游世界,到各个名胜古迹探险解密,这就是符号的魅力。

"卐",是上古时代许多部落的一种符咒,在古代印度、波斯、希腊、埃及、特洛伊等国的历史上均有出现,后来被古代的一些宗教所沿用,甚至被伟大的佛教用过,但都影响甚微,最终被众多世人记住的却是残酷暴虐的纳粹标志!"卐"本被"圣堂骑士团"反犹组织的发起人,一个传教士兼占星家所喜爱,但"卐"在他手上显然是难以"发扬光大"的,他便把"卐"推荐到希特勒面前,希特勒非常满意,认为"这是一个真正的象征",将之作为党旗和党徽的标志性符号。这一颇具神秘色彩的"卐"字称号,成为无数纳粹党徒的圣像,他们曾聚集在这一符号下干尽了坏事,这个符号便演变成一个令人闻风丧胆又臭名昭著的代名词,成为邪恶的象征。

符号与身份有关,与地位有关。同样一个符号,出自不同的人之手,所代表的意义绝对不同。出自牙牙学语的婴幼儿之手,是毫无意义的涂鸦。出自乞丐之手,哪怕地上满是悲惨的文字,也无人过问,观众寥寥。出自一个平凡人之手,最多引人瞥两眼,但很难获得评价。出自大艺术家之手,作为书画艺术,最起码能卖个好价钱。出自巫医之手,一定会被患者及其家属关注,把画着字符的纸,烧成灰兑水,病人喝下去,便生天神降临,祛病除灾,驱赶邪恶,带来平安等诸多希望。出自一位宝藏持有者或者寻觅者之手,这就是一把开启宝藏大门的钥匙,会被疯狂地你争我夺,沾满血腥。出自领袖之手,则携带着一个阶层或集团的希冀,试想,一枚符号如果被耶稣、释迦牟尼、穆罕默德所使用和宣扬,那就是神圣的图腾,具有深远的意义,受人瞻仰和膜拜。

符号的影响力,与使用者和宣扬者的影响力成正比。使用者和宣扬者地位越高,背景越宏阔,号召力越强,这枚符号就越深奥,越有象征性,越具神秘力量,越具诱惑力,越耐人寻味!

符号的能量,终究是人所赋予的,最终得回归到话语权上,是话语权的终极体现!

## 忧伤的吉他

那天,在电视上看到中关村男孩阿军的弹唱,那种苍凉的声音,忧伤的梦境,感动得我热泪盈眶。我急切地爬上阁楼,探望早已束之高阁的吉他。

琴箱上早已灰尘点点,钢弦上锈迹斑斑。与吉他对视,曾经温热的细节悄悄爬上心海,撩人肺腑,令我眼眶湿润,心里隐隐作痛,听见流浪的琶音珠圆玉润地散落一地……

第一次与吉他相遇,我正上初中一年级,一个不谙世事的懵懂小子。

某天上午,成绩直线下降的我被叫到宿办室,一言不发的班主任冷冷地瞪着窗外。我浑身冒汗头皮发麻地从宿办室出来,觉得已被整个世界遗弃,蔫头耷脑又漫无目的地在校园里瞎逛。

突然,一种美妙的乐器声从附近的楼上传来,那低沉的颤音,在空气中律动,牵动着身体的每一个细胞,心脏牵动着整个世界都颤了一下。我傻傻地站着,找寻,仰望,二楼的阳台上,一位帅帅的留着长头发的男教师,正抚弄着一件弧线优美的乐器。

那件乐器被平放在阳台上,可能是为了防潮,拿出来晒晒太阳。

以现在的眼光看起来,老师抚琴的姿势有点像弹古筝,弹奏姿势不规范,弹奏得也不完整,只是把《小草》这首歌的前奏几个低音区的单音弹出来了,没有用和弦。但对于无知的我而言,已是振聋发聩。一枚枚颤音,自老师的指尖飞出,如同武侠电影里的音波功,一波一波击中我的心脏,把内心的阴霾一扫而空。至今我仍清楚地记得,那一刻,阳光灿烂,清风拂面,世间一切在一瞬间因此而神秘美好。

不知是那位老师的才华,还是因为乐器本身的音色,我痴痴呆呆地杵在原地,竟然没有听见上课铃声。于是,一天之中,心惊胆战的我,第二次被叫到班主任的宿办室。我做好了与班主任打持久战的心理准备,但我刚进门,便彻底放弃了内心的执拗——宿办室的墙角正立着那种让我震撼的乐器。我突然冒出一句:老师,那乐器叫什么?我自己也吓一跳,我怎么能在这种严肃的时刻询问正要从思想上给我抽筋剥皮的班主任?很诧异,班主任竟然没有训斥我不务正业,而是和蔼地说:那是吉他!想学,先把学习搞好,期末考了前三名,我教你。

期末考试后,我如愿以偿,跟着班主任学习弹奏古典吉他,学习六线谱、指法、和弦、调弦、校音……学初级的《绿袖子》《致爱丽丝》《梁祝》……

学习进程很慢，经验老到的人说，学习管乐，只需一碗米工夫，而学习弦乐，要一斗米的工夫。左手的把位、右手的节奏，二者往往不能兼顾、协调，小脑的协调能力受到前所未有的挑战，不知道到底要多久才能完整地弹完一支初级阶段的曲子，更别说中级曲目和登台表演，这是对耐力极限的考验。除了上课、吃饭、睡觉之外，其余的时间全部分配给了欲罢不能的吉他。指头弹破了好几回，直到结上厚厚的茧子。学到中级时，我爱上了民谣弹唱，因为弹民谣的都偏执地认为练古典的那些家伙嗓子有先天的缺陷。

上大学后，对吉他的感情更是炙热如火，对吉他的爱惜，比什么都在乎，宁愿挨别人一耳光，也不愿别人动一下自己的吉他，自私和小气得有点人神共愤、天理难容。一天不练吉他，就吃不好，睡不香。放学后，跑步回宿舍，先弹一首曲子，而不是像其他同学，端着饭碗冲向食堂。为了吉他，我经常吃冷饭，但心理却暖洋洋的。

有一位琴友不小心把吉他摔坏了，就恨恨地惩罚了自己，抱着破吉他在校园门口自我示众了三小时，又绝食两天，还每天给破吉他上一炷檀香，说是悼念。

很多同学想学吉他，但因困难因素太多，在自尊受到不同程度的挫伤后，无不一败涂地地放弃了。最终能坚持下来的，是几个自认为是精英或者被认为是精英的家伙！

学吉他的男同学总是说，吉他，就是我们的女朋友，不！比女朋友更重要，女朋友只能排第二！女同学则表达得比男同学更尖锐，不屑一顾地对男生说，有了吉他，还要男朋友做什么？！

大学里追求品位和艺术，能弹一手好吉他，往往被认为是这方面的最佳证明，身价比那些埋头读死书的家伙要高出很多倍。吉他，支撑起我们飞扬跋扈的精神气节。因能弹一手不错的吉他，我在大学校园里行走，觉得自己就是黄家驹、崔健……昂扬着不可一世的脑袋，清高得要冲上天上去。

我们为吉他沉醉，为吉他疯狂，吉他，是我们唯一的童话。

毕业了，招聘会上，没有一家单位问一句关于吉他的只言片语，人家只要英语等级证、计算机等级证……我们以吉他相依为命的这帮发烧友，哪有时间学英语，上计算机？有的哥们儿把吉他背着，想借此吸引招聘单位的眼球，结果是更加被人不屑一顾，甚至嗤之以鼻，连投档的机会都不给。

招聘会结束，会弹吉他的"骄子"们被残酷的现实摧残得一蹶不振，在学院里行走，如一只卷毛夹尾病态十足的丧家犬。

终于明白过来，吉他，虽然寄予着我们的全部理想，但它并不代表生活的全部。因为吉他与现实模棱两可的关系，我只好把吉他束之高阁，拿出全部时间，追求社会上最通俗的追求，收获社会上最寻常的收获。

# 第 六 辑

## 网游不能拿传统美德开涮

有一种戏剧叫人生 / 善意的纯度 / 谈文化还是讲故事 / 网游不能拿传统美德开涮 / 偶然的力量 / 重阳时节雨纷纷

## 有一种戏剧叫人生

有人说人生就像一场戏,这句话很有道理,但不全对。其实,人生就是一场戏。看别人的戏,演自己的戏!

社会是个大舞台,每个人,每时每刻,都在不同的角落演出:或激情,或悲壮;或果决,或缠绵;或温情脉脉,或义愤填膺;或令人气壮山河,或令人扼腕叹息;或跌宕起伏,或平铺直叙……人生的每一出戏都有观众:或多,或少;或人山人海,或寥寥无几;或面对众人热辣辣的目光,莫名的歆歔,或自己扪心叩问赤裸裸的灵魂……

人生,自编自导的戏,我们集编剧、导演和主演于一身。编剧时要量身定做,贴身打造,要合身,不然导不好,也演不好,不但失去精彩,甚至失去自我。这幕特殊的戏,摄像机是眼睛,别人的眼睛,自己的眼睛。存储器是大脑,别人的大脑和自己的大脑。

人生的戏不能彩排。每一个分镜头的演出,都是第一次,也是最后一次。演好演坏,只有一次机会!每个细节都必须认真对待,每个镜头都必须好好把握。

人生的戏不能删减。冗长的剧情,拖泥带水的剧情,不能剪贴成精编版,更不能删减成典藏版。让每一出戏显得干净利索,让每一出小戏都成为超短裙,人生的戏,就能呈现出精彩!人生的戏不能嫁接,体现的是真实和原汁原味。别人的戏无论有多精彩,你也无法嫁接到你的剧情中,成为你的精彩。该我们演的戏份,一定要演,一定要演好。演了,记忆的胶片上才有影像,演了什么,就有什么。任何一出关键的,或者不关键的戏,如果缺席了,没有参与演出,缺档了,无法弥补,只能成为永久的遗憾。

人生没有假戏,一切都是真的:人物是真的,道具是真的,剧中的一切都是真的。剧中人物与演员合二为一,角色的命运就是演员的命运,演员必须为自己的表演负起责任。

我们都应该珍视这场戏,努力当好编剧、导演和演员,尽量让它精彩、完美。这,很可能是我们留给暮年唯一的精神财富。年轻时把戏演好了,回忆便很美,我们演好每一出戏,就是对自己的老年负责。

暮年,我们只剩下回忆时,那些曾经演出的内容,一幕一幕,一场一场,或清晰,或模糊,将在日渐迟缓的脑海中,反复上演。打造好当下的每一出戏,便是为老年追加幸福指数。那时,我们手里,或者端着一杯清香扑鼻的绿茶,或者拿着一卷古色古香的书。在夕阳下的躺椅上,微闭着眼睛,慢慢欣赏自己的角色,品读自己的编剧能力,裁判自己的导演水平和演戏技巧,阅读种种人生况味……或许,我们会对自己演出的一出精彩绝伦的戏莫名兴奋,对一出绝处逢生的戏感慨万千,对一出情真意切的戏热血贲张,对一出蹩脚的戏后悔不已,对丑恶和不光彩的戏暗自羞愧、满怀自责……每个角色都不要认为自己了不起,因为再伟大的演员最终也得谢幕。每个人,都只是社会大舞台上的一个小角色。最终会被新生力量超越、取代,渐渐淡出人们的视野。

我们演绎过的形象,不会在瞬间和生命一起消散。戏中的形象,比生命本身更长久,更有生命力。许多年过去了,我们扮演的角色,或许还会在别人的脑海里闪现,在别人的口头品评!

## 善意的纯度

公交车上,一站在车厢尾部的年轻男子见一位风烛残年的老奶奶颤颤巍巍地站在车厢里,颠簸摇晃,如惊涛骇浪中的一叶小舟,随时可能被倾覆,让人提心吊胆。身边,有几个学生模样的年轻人,自顾玩着手机,不知他们是佯装没看见,还是不愿意让座?

年轻男子很生气,认为这些目不斜视的人在用一种不知者不怪的假象掩饰自己道德的缺陷。

终于,年轻男子身边的一位妇女下了车,他赶紧招呼老奶奶过来坐下。

老奶奶十分感激,真诚致谢:小伙子,你是一个乐善好施的好人!

小伙子逮住说话的机会,心头愤怒的潮水倾泻而出,说:老奶奶,不要放在心上,这不过是举手之劳,只要上过两天学、稍稍受过点教育的人,都懂尊老爱幼!老奶奶,其实,您早该有座位的,没想到现在的年轻人素质这么低!

年轻男子一边说,一边拿眼睛蔑视那些学生模样的人。

老奶奶赶紧劝阻年轻人,说,小伙子,对不起,给你添堵了,对不起。只怪我年纪大了,应该少出门。你来坐着,我在下一站下车!说着,老奶奶起身,要把座位还给年轻人。

各种谴责和谩骂的声音从车厢的各个角落冒出来:妈的,老子素质低又怎么了?看他那球样,还真把自己当成道德标杆啦!我又没看见老奶奶站着,狗日的一竿子打一船人!愿帮就帮,不帮拉倒,拿助人为乐来炫耀,难道就高尚吗?

老奶奶终究在下一站下车了,不知道她是到达了目的地,还是更乐意乘坐下一趟车。

年轻男子下车时,很多背包,车厢里不仅没有一个人出手帮他,还将"滚吧,傻B"、"去他奶奶的"等咒骂扔给了他。

公交车上常常遇到这种让座的情况,但方式不同,效果就不同,让我们看看老奶奶乘上下一辆车的情形。

老奶奶刚上车,一位戴眼镜的先生就把她扶到自己的座位上。老奶奶感激地说,你真是个好小伙子!眼镜先生谦虚地说,老奶奶,您就像我奶奶,看到您,就等于看到了我亲奶奶,难道我能把着一个座儿,让自己的亲奶奶站着?!

老奶奶说,现在像你这样的小伙子,不多了!眼镜先生赶紧接口说,老奶奶,您别客气,如果您在其他年轻人的身边站着,他们一样会让座给您的。因为我离您最近,所以我把机会抢着了!

老奶奶很高兴,其他年轻人陷入了沉思。

下一站,靠近车门,一位老爷爷下车了,旁边一位年轻人赶紧走过来,把老奶奶扶到那个座位上,说,老奶奶,离门口近一点,到站了,下车方便一点!

眼镜先生下车时,很多年轻人站起身来,帮他背上背包,帮他拿手提袋,送他下车。

显然,两种善意的表达方式不同,结果迥然不同。

前一种善,是一种逼迫,是一种无奈,年轻男子其实更希望老奶奶身边的学生给她让座,这样,他既无须自己让座,又不至于自责。因为没有人让座,他处于让与不让的矛盾中,感性和理性纠结,经过一段时间的斗争,理性战胜了感性,于是有了不得不让座的迫不得已。所以,他让座,内心始终潜藏着不情愿。言为心声,他的语言便成了冷凝剂,不仅让老奶奶不自在,还伤周边乘客的心,引发了广泛的情绪抵触。

后一种善，是一种主动，一种发自内在的心甘情愿，生怕别人抢走了做好事的机会。结果，愿望实现，心情高兴，身心舒畅，语言自然十分谦逊柔软，不仅温暖了老奶奶，还感染了其他人。善举发酵，感染他人，并得到迅速传播。

善，是一种发自内心的情愫。主动的善，色调是暖和的，氛围是温馨的，态度是虔诚的，作风是低调的，表象是和风细雨的，内在是潜移默化的。受助人高兴接纳，且不失颜面，不失尊严。

被动的善，是感性的矛盾，理性的逼迫，勉力为之，态度多半生硬、扭捏、不情愿。一旦做成一件小善事，内心又会生出一种高人一等的骄傲，容易滋生高调的自夸。对受助人而言，是缺乏真诚的调侃，是毫无庄重的戏谑，是不屑一顾的轻视，甚至是一种强加于人的伤害：伤人颜面，辱人自尊。

被动的善意，高调的善意，往往纯度不高，掺有很多杂质，如同扔在地上的施舍，既不能让受助人感激，也不能感染和启发大众。

积极的善意，低调的善意，是一种贴心的关怀，从外在到内心，无微不至。如同亲人般的呵护，既能让受助人内心熨帖，也能让大众受教。

善意也有纯度，让我们的善意纯一点，再纯一点，不染杂质，去除功利，剔除炫耀，远离标榜，如一条暖暖的溪流，自心底出发，默默流淌，润物无声。

## 谈文化还是讲故事

如今，不少讲坛都打着讲历史的旗号，编了很多观众难以考证、难辨真假、捕风捉影的历史故事进去，把一个个专家学者硬生生憋屈成"故事大王"，在历史史实中掘地三尺，口吐莲花。胆子越大，发挥的余地就越大。故事越耸人听闻、越玄乎、越不靠谱，便越招人眼球，越有益于收视率。显然，很多观众喜欢这种讲授方式，不然，怎么会达到几乎谁讲谁红的地步？

带故事性的影视传媒受到观众的追捧，带故事性的平面纸媒同样受到读者喜欢。故事不仅易于刊载于纸媒，也可以改成电影、电视剧、舞台剧，改成讲述、猎奇等栏目，迅速进入大众视野。

热爱故事的大众审美趋向，导致几乎所有体裁的作品，都在拼命往故事上靠。从近年的报刊栏目设置上看，都带有向故事投降的倾向。时下发行量大的刊物，如《意林》、《故事会》、《读者》、《知音》等，无一例外地都体现出了浓郁的故事性，故事越经典，越受观众和读者欢迎。故事性的随笔比思想性随笔受欢迎，故事性散文比纯情感散文受欢迎。不仅如此，诗歌和文学评论这种个性特征鲜明的文体，也出现了故事化的倾向。有些诗人写"故事诗"，如著名诗人李亚伟的《中文系》，就有明显的故事情节，带动了一大批诗人效仿。还有的评论家不评书，专写人，尤其是敷衍塞责的评论家，写故事性评论足以应付那些沽名钓誉请求名家作序写评的作者。

故事性刊物的发行量大，故事题材稿费一路走高，市场广阔，造就了一大批专写故事的作家、写手。在作家和写手中，最受市场欢迎的，是写故事的高手，他们的稿费收入让写其他体裁的作家或者写手望尘莫及。于是，文学生产中出现了"故事经济"现象——故事卖得比小小说好，小小说卖得比中篇小说好，中篇小说卖得比长篇小说好，长篇小说卖得比散文好，散文卖得比随笔好，随笔卖得比诗歌好，诗歌卖得比文学评论好，文学评论卖得比其他学科的学术论文好！文学生产乃至艺术生产领域内的故事化现象，反映了文化快餐时代的"泛故事"特征，畅销刊物的发行将"泛故事"现象体现得淋漓尽致。故事成为文学体裁的点睛之笔，风行天下，就连公文写作也容易嫁接故事。

大众对快餐文化的审美需求，推动了"泛故事"现象日益凸显；反过来，"泛故事"现象又将更多的受众纳入快餐文化的轨道，培养出更多的"泛故事"消费者。为什么这么多人喜欢故事？喜欢讲,喜欢听,喜欢编？笔者分析,首先,人生本来就是一个故事,每个人都在身体力行地讲述自己的故事,与故事有天然的亲近感。其次,与现代人平时工作比较繁杂劳累有关,休闲时懒于思考,缺乏对事实真相的探究欲望,乐于接受感性的东西来追求感官刺激,打发时光。

故事作为一种丰富生活的调味剂,已经到了不可或缺的地步。但把故事当成文化主餐进行营养吸收,让思维飘浮在纷繁复杂的生活表层,很容易形成思维惰性——对感性的崇尚,对理性的放逐,这便是理性思维的悲哀。很多学者认为,中国学者不擅长理性思维,我们的文艺理论远远落在西方之后,我们的诸多理论家少有建树,还在通过摘抄西方论著,支撑自己的门面。中国的艺术理论研究要真正达到与世界接轨,尚需付出艰辛的努力,至少不能期待通过提高讲故事的水平来实现。

过度流行讲"故事"现象是市场选择的结果,但文化与学术发展也应适当进行理性作品的普及,调整我们已经偏颇的思维方式,让感性和理性并驾齐驱,这不仅有助于健康思维品格的形成,也有助于更多与国际比肩的创新理论成果的出现。

## 网游不能拿传统美德开涮

在温饱成问题的时代,吃是大事,见面就说,吃了吗？温饱问题解决后,享受层面从物质转向精神,麻将浪潮风起云涌,问候语变为——手气如何？

当网络农场席卷神州大地时,见面时问得最多的则是:今天,你偷了吗?

于是一些关于"偷"的字眼便如雷贯耳起来:"我的玫瑰刚熟,就被你偷了,今晚我守到天亮也要偷你的!"显然是要以牙还牙,以偷治偷;"好可恶,平日把我打入黑名单,偷我菜的时候才火线加我为好友,偷完了,又把我打入黑名单!"对方哈哈大笑,"不打你进黑名单,你就能偷我的!"显然是偷亦有偷,盗亦有道,强中自有强中手!那神情,完全把自己当成了侠盗罗宾汉和佐罗,左手偷富,右手济贫!

偷,在中华民族的字典里,一直以贬义词的形式出现,绝非善举。中华民族几千年来的传统美德,以偷为耻!孔子不饮盗泉之水,不想与"盗"字有丝毫瓜葛,恐以玷污自己的品节。晋陆机《猛虎行》:"渴不饮盗泉水,热不息恶木阴。"把孔子的思想传承下来,且更为具体,将此品格融入生活,成为规范。

当下不同了,说到"偷"字,没有脸红,没有羞愧,不再神神秘秘地窃窃私语,而是在光天化日之下,在大庭广众之下,口无遮拦,理直气壮,一副以偷为乐、以偷为趣、以偷为快、以偷为荣的神情。偷字,像一个神气活现的暴发户,肆无忌惮、横行霸道地游荡在街头巷尾,霸占着话语阵地,成为一个主流词汇。

农场是个手术台,一夜之间把"偷"字变性,由贬义变成中性,甚至褒义!"偷"字以民间草寇的身份,脱胎换骨,道貌岸然神气活现地荣登大雅之堂。

去年暑假,八岁的儿子做完作业之后,开始玩网络游戏。我刚好无所事事,也凑过去看。游戏中,一些虚拟的小朋友被打得鬼哭狼号满地找牙,儿子玩得疯狂,身边一位小女孩兴奋地喊叫助阵,哥哥好厉害,扁得好,使劲扁!我问他们在玩什么?他们说,狂扁小朋友!狂扁小朋友?这种怪诞的词义组合,完全超乎了我的想象,谁忍心将天真烂漫的"小朋友"与"狂扁"这个暴力词汇捆绑在一起?我说,既然都是小朋友,干吗要扁,还要狂扁?儿子没工夫回答,小女孩说,小朋友们都在玩嘛,既然他们能扁,我们也能扁!

由此想起前几天一位同事夫妇的感慨,说现在的孩子太难管了,一问原因,竟然也是网络游戏惹的祸!他们的小孩到同学家去玩,见餐厅桌子上放了十元钱,就顺手塞进了自己的口袋。回家后被同事夫妇发现,他们觉得非同小可,连夜"突审",并义正词严地告诉孩子:这是小偷小摸的行为,偷,是一种恶行,会让人鄙视,会给他人带来伤害,必须受到惩罚。小孩却不以为然地说,你们天天都在偷,怎么没受到惩罚?父母说,我们偷?我们偷什么了?小孩说,天天在网上偷菜!父母面面相觑,这堂家庭教育课便进退维谷。虽然,偷菜仅仅只是一种网络游戏,但这种偷菜游戏对下一代的心理影响却是微妙的、潜移默化的,直接混淆了孩子们对是非善恶的评判。

周末,喝一兄弟的乔迁喜酒。兄弟的卧室里,几个孩子聚在一起玩一种开车撞人的网络游戏,听他们说叫佐罗飞车——可以抢警察的车,可以扔手榴弹炸商店的窗户,可以在街上乱撞,可以抢银行……以抢劫、爆炸、撞人的多少作为过关的筹码,活脱脱一个黑社会暴力犯罪分子的角色,孩子们却玩得如癫似狂!我看得心惊肉跳,要知道,孩子们玩这个游戏的过程,是体味刺激的过程,也是演绎这个角色的过程,长时间接受这样的心理刺激和暗示,不知道孩子们以后还有什么事情不敢做?!

游戏开发商和审查官员,在为孩子们研发和审查那些丰富多彩、紧张刺激且能提升智力能力和动手能力的游戏软件时,是否应该考虑孩子们的是非辨别能力、心智承受能力、价值判断能力,以及与之紧密相关的善良、怜悯、公平、正义等传统美德因子?孩子们尚未成熟,正是感性有余,理性不足的特殊时期,模仿性强,可塑性强,加之可怕的青春叛逆心理,在暴力游戏的教唆影响之下,完全可能产生难以想象的不良行为!

追求感官刺激和因之带来的巨额利润,这是网络游戏开发者的初衷。但作为公民,都是传统美德的守护者和捍卫者,应该把持住最基本的道德底线,不要随随便便地拿传统美德开刀,误导孩子们正逐渐形成的道德观念。

## 偶然的力量

根据真实历史事件改编的法国电影《超级女特工》,讲述了一个惊心动魄又扣人心弦的故事:德国反间谍情报处高级长官海因德克上校发现了诺曼底登陆计划,收集证据给法西斯高层汇报。英国人派特工路易丝刺杀了上校,诺曼底登陆计划的情报最终没有送达德军高层。诺曼底登陆成功,迅速给反法西斯战争画上句号,成为二战的拐点。美女间谍路易丝是影响这个拐点的关键性人物,但路易丝的成功具有很大的偶然性,深陷囹圄,幸运被救,幸运地闯过层层岗哨关卡,幸运地击毙了正站在站台上抽烟准备去给上级汇报的海因德克。

军事理论家分析,滑铁卢之战的胜败实际上出自偶然,是多次偶然因缘聚合而产生的结果。

发生在战争当天的那场大雨是一种偶然,拥有先进武器——火炮的拿破仑军队丧失了往日所向披靡的战斗力;那份字迹潦草不清的铅笔手令也是一种偶然,在拿破仑军队生死存亡十万火急亟待救援的关键时刻,收到字条指令却看不清内容的戴尔隆带着军队正在不远处漫无目的地转悠着;那位向导农民说的那句话是一种偶然——前面没有障碍。对于农民来说两壁之间深达四公尺的奥安凹路不是障碍,但对于行进中飞驰的骑兵们来说无疑是灭顶之灾,近两千名骑兵用血肉之躯才填平那道沟壑,这损耗了骑兵队伍超过三分之一的力量;格鲁希听到炮声轰鸣后考虑是否增援的那一秒是偶然的,那一秒,增援则能拯救拿破仑帝国,但遗憾的是格鲁希在那一秒做出的决定正好相反,格鲁希想得更多的是军令如山,而不是战争千变万化的实际需要……以拿破仑的强大,只要其中的一种偶然有利于他,他就能力挽狂澜,世界的面貌会因此而不同。

那个开辟了新航路,改变了世界历史进程的著名航海家哥伦布发现新大陆也贯穿着诸多偶然。第一次偶然是1476年哥伦布加入了一支法国的海盗船队,在一次战斗中跳海逃生,经长时间游泳登上了葡萄牙的土地。葡萄牙是航海王国,于是,哥伦布认为自己是上帝派向葡萄牙的使者,目的是成就葡萄牙的航海大业。如果哥伦布战斗身亡,或者上岸的地方不是葡萄牙,不知道哥伦布还有没有开辟新航路的凌云壮志;第二次偶然是他对于地球大小的错误计算,这种计算直接导致当时航海策略的制定,西班牙王室相信了地球像哥伦布所说的那么小,所以相信向西航行到达中国的航路应该是最短的,于是贸然决定出资支持哥伦布的狂妄计划。第三次偶然是在进入大西洋海域后,哥伦布根据《马可·波罗游记》的叙述,断定沿北纬29°线航行就会到达离中国海岸约2400公里的日本,这个错误竟使船队得以一直在"贸易风带"中连续航行直达美洲。事实证明,如果不是这个错误大大缩短了航程和时间,那些信念已濒临崩溃的水手,绝不可能信赖哥伦布"再坚持三五天就到达"的"信口雌黄"。上岸前几天甚至发生过一次叛乱——有几名水手想动用武力掉转船头。

给世界带来巨大灾难的纳粹头子希特勒,一生中遭遇了多次灭顶之灾,偶然足以切断他与第二次世界大战的各种联系。希特勒的父亲经常酗酒和实施家庭暴力,让其母亲不堪忍受,怀孕期间,曾考虑堕胎,不愿生下希特勒,偶然遇到一位善良医生的劝阻,希特勒才得以来到这个世界。第二次偶然与一位叫亨利·坦迪的英国士兵有关。1918年9月28日,坦迪举枪瞄准了一名正在一瘸一拐走进他火力范围的德国士兵。但坦迪并没有向这名无还手之力的伤员开枪,放他走了。坦迪并不知道他放走的这名德军士兵名叫阿道夫·希特勒——德国未来的元首、纳粹法西斯主义者、第二次世界大战的头号战犯。1940年,坦迪对一位新闻记者痛苦地感慨道:"我真是有愧于上帝啊,我真该一枪毙了那个恶魔!"

从哲学上讲,偶然性是事物发展过程中可能出现也可能不出现,可能这样出现也可能那样出现的现象。必然性是事物发展过程中不可避免、一定要出现的趋势。如"种瓜得瓜,种豆得豆"是必然的,是由瓜和豆的遗传因子决定的;但每棵瓜藤结几个瓜,每株豆苗结几个豆荚则是偶然的,是由土壤、气温、水分、肥料等外部条件决定的。这说明偶然性在事物发展过程中具有一定的作用,虽然不是决定性的,但足以造成巨大的影响。

难怪电影《终结者》中会出现这样的情节:机器人军队为了杀死人类的指挥官约翰·康纳,派杀手穿过时空隧道,回到前几十年,追杀约翰·康纳的母亲,如果约翰·康纳的母亲在没有生下约翰·康纳的时候被杀,约翰·康纳就不存在,更不会成为人类领袖与机器人军团作战。于是,约翰·康纳的母亲遭遇了来自未来世界杀手的重重追杀。这部电影实际上强调的是偶然的重要性!

历史中的偶然事件,或许不能改变历史发展的轨道,却能改变这个世界的某些面貌。即使是一些漫不经心的偶然,也意义非凡。

## 重阳时节雨纷纷

九月九,秦岭腹地,板栗飘香。

漫天的大雾,抓一把就能挤出二两水来。山谷中的板栗树林里,披着蓑衣、戴着斗笠的巴山老爹正在抢收。雾气越来越浓,雾粒越来越大,树叶上、草尖上噼里啪啦的声音越来越密集。不到一分钟,老爹的白发就湿透了,发尖和眉毛上一颗颗晶莹闪亮的雾珠子挂不住了,便淌成一条小小的溪流,弯弯曲曲地顺着老爹的头发和鼻尖,一股股钻进老爹的脖子。凉嗖嗖的,像巴山的小手。小时候,巴山很淘,老爹抱着他,他就把一双冻得通红的小手,从老爹的领子伸进去取暖,冰得老爹咯咯地笑。

周身早就湿透,一阵风过,老爹一阵冷战。但想起巴山,老爹心里顿时甜丝丝地暖和起来。

"巴山娘,赶紧回去吧,这雨是越来越大,你顶不住的,弄病了该让巴山担心了。"巴山老爹对着不远处的巴山娘喊。巴山娘身上披着一张塑料薄膜,头发用围裙扎着,正用树枝拨拉着地上厚厚的湿漉漉的秋叶。板栗很淘气,躲猫猫。巴山小时候也是这样,才在身边呢,一阵风过,话音刚落,就躲得找不见人影儿。

想起巴山,巴山娘就一脸的幸福,儿子可是乡里的第一个大学生呢!

因为工作忙,巴山不能时刻在身边伺候积劳成疾的巴山娘,但巴山贴心呢,知寒知暖呢,电话里,巴山只需几句话,就能在巴山娘的心中酿出一罐蜜来!

"这点毛毛雨,不打紧的,自家的板栗树林,不抓紧捡完,就霉烂了,多可惜,一颗板栗几分钱呢。"巴山娘也浑身湿透,因心里刚刚有巴山的影子闪过,所以浑身还热腾着,便乐呵呵地说,"捡完回家,火烧大点,烧一盆热水,擦个澡,就把寒气除掉了……阿——嚏!"话没说完,巴山娘打了个喷嚏。

巴山爹的心被巴山娘的喷嚏使劲拽了一下,平日里温暾迟缓的巴山爹,此刻却像一只狸猫一样迅捷,扒开密密匝匝的灌木丛,眨眼之间钻到了巴山娘身边,说,你要是弄病了,我没法儿给巴山交代,回去,都回去!说着,一把抢过巴山娘的蛇皮口袋,不由分说扯着巴山娘就走。

巴山娘极不情愿,还没捡完啊,"多捡一点,多卖一点,就能多给巴山一点,他刚在西安买了商品房,钱紧!"

"是，巴山不容易，但我们不顾身体，病了、垮了，不但帮不上忙，还会把窟窿捅得更大的！那时候巴山既要还房贷，还要找钱补窟窿照顾我们！"巴山爹一边用树枝扫落身边的露水开路，一边规劝巴山娘。

"也是啊，先回去，雨停了，身上用塑料薄膜裹严实了，再来！"不能对巴山有害，只能对巴山有益，这是巴山娘的原则，巴山爹说得不是没道理，巴山娘听话了，不再犟了。

重阳节，西安某饭庄的包厢，金碧辉煌，空调暖洋洋的风，把人的心吹得痒痒的。巴山和一帮朋友正在推杯换盏。

巴山成绩优异，大学毕业后留在西安，在某机关当文员。但巴山没有占领城市的喜悦，生活举步维艰啊！工作压力大，应酬也多，心更累。毕业好几年了，也交往了几个女孩子，却没能处上女朋友。不是人家女孩子不好，是巴山觉得自己不好。因为穷，他总担心没法儿给女孩子幸福，如果自己不能给人家幸福，还要拖累人家照顾自己的爹娘，那就罪莫大焉了。在这个物质时代，如果物质上不能保证，爱情就只能是空中楼阁。他心疼爹娘，也心疼那些花枝招展的女孩儿。

工作之余，有很多的友情聚餐，巴山能回避的就尽量回避了，但回避次数太多，让朋友们轻看，人毕竟是社会的人啊，老拒绝社交，能成个什么事？巴山何尝不想参加，巴山好酒量，在酒桌上能横扫千军挥洒自若，酒局是他绽放精彩的舞台。巴山很纠结，巴山喜欢这些场合，但又有些忌惮。朋友们请你一次，你可以无动于衷，三番五次的，自己总得表示一下吧，礼尚往来呀。但看看自己羞涩的钱包，捉襟见肘的经济窘况，巴山很觉惭愧，因为自己表达心意的能力实在有限，巴山不想欠朋友们太多的情。

准备了几个月，凑了两千多元，今天，巴山做东，想表达一下谢意。

巴山反复斟酌，请了一桌最好的朋友，十来人吧。还有七八个死党，重阳自驾游离开西安了。也好，分成两拨请，不然，人多了招待不周。再说，就凭身上这点钱，肯定是有风险的！

朋友们大多知道巴山的境况，也很体贴，尽量捡便宜的东西点。巴山看着满桌素菜,觉得愧对朋友。对服务员说,这菜,点得也太环保了,酒稍微上好点的吧。朋友们赶紧阻拦,善解人意的服务员上了紫溪佳酿,在饭庄,这种酒算是最经济的了。

巴山觉得席面太素了,又点了几个荤菜,还觉得不尽如人意。就问服务员,这里的特色菜是什么,服务员回答说红烧刀鱼和一品鹿舌最受欢迎。巴山觉得这个才够档次,想也没想就说,上!朋友们极力阻挠,说巴山,都是兄弟,整那么见外干什么?巴山说,难得我请你们聚一次,感谢你们对我的关照!朋友们不依,服务员到底只听巴山的,两个招牌菜很快就上来了。这是酒店的惯例,贵菜上得快!

确实不错,朋友们赞不绝口。巴山很开心,心里勉强觉得有了一点安慰。巴山豪饮,今天是主人,更得率先垂范,带头打了一个逢人六杯的通关,把气氛炒起来。

突然,电话响了,巴山看了一下号码,赶紧起身到走廊上去接。

"爹,娘,我好着呢,嘿嘿,一帮朋友们在聚餐,今天过节呢,你们在家里也做点好吃的,保重身体!"

爹娘在农村,是巴山心中的一块病,远了,照顾不着,要是有个头痛脑热,对于巴山而言,就是一场灾难。巴山月供房子后,手里就剩下五六百了!这点儿钱,还敢奢谈女朋友?房奴哇,有个风吹草动就提心吊胆!

"身体好?那就好,我最担心的就是你们的身体了,别累着,别热着,也别晾着了。板栗丰收了?四百斤,呵呵,不错!不好卖?不要紧,早迟能卖掉,说不定到了春节,还能多卖点钱呢。嗯,你们多保重呀!"

酒足饭饱,朋友们三三两两地走出包房,在酒店外等巴山。

幸好没有朋友在身边,不然巴山的脸就没地方搁了,整个人都得找地缝钻进去。

账单上显示是三千两百元,巴山仔细地检查了菜单,账单明晰,酒店还打了折。问题是巴山钱夹里只有两千四百多,还差好几百元,这怎么办?有张邮政卡,也是空的,巴山对自己的经济状况能明晰到小数点后面两位。尽管巴山强忍着慌乱,但头上的汗水已经冒出来了!如果自己不冒冒失失地点红烧刀鱼和一品鹿舌,钱包里的钱估计还能凑合。不行就压上身份证,或者手机什么的,到时候拿钱来取!无论怎样,也不能向正在饭庄外发着车子等他的朋友们开口借吧,请人家吃饭,借人家钱付账,这种面子,伤不起。

手机又响了,巴山一看,是家里的手机,爹娘打来的。心里便有点烦躁,我的亲爷奶奶,怎么这阵子添乱呢?却不敢不接,生怕家中有事呀!

"爹,嗯,现在有点忙呢,有事吗?哦,这么快就卖了?正好有贩子路过?两块钱一斤?卖了八百块?不算贱卖。卖了好,不然保管起来也麻烦,钱自己好生留着,你们手里有点钱,我也安心……什么,已经通过邮政自动存款机打到我卡上了?爹,你怎么能冒这么大的雨到镇上去?"巴山背脊一热,心头一酸,说话时,便声音哽咽!"回家注意安全…山大沟深…有手电也要仔细点,到了家给我打电话,报个平安!您路上慢点……"巴山听到电话那头嘟嘟的声音响起,良久,才挂了电话。

吧台上,巴山刷了卡,付了现金,结完账,长长地舒了口气!但一颗悬着的心,却始终放不下来。

雨中,酒店外,淫雨霏霏,华灯初上。

爹娘辛辛苦苦一个月,淋得像落汤鸡,才挣几百块,却被自己一秒刷进吃喝款的缺口里,巴山心里一阵阵的痛。但对朋友们招待不周,欠着朋友们的情,巴山心里也隐隐地歉疚着。朋友们请客,不是喝1573,就是茅台、五粮液,最不济的也是八百多的钻石玫瑰汾酒,哪像今天喝的紫溪佳酿,每瓶才四百来块!

愧对爹娘,愧对朋友,巴山心里翻江倒海。

想着还在悬崖陡坎、沟壑纵横的秦岭山中,冒着雨,戴着斗笠,披着蓑衣,握着根忽明忽暗的手电,跌跌撞撞艰难行走着的老父亲,巴山面向老家的方向,深深鞠躬,一任雨水从眼角悄悄地滑落,砸进心海!

# 第 七 辑

取经路上，为何
悟空作战不给力

唐僧:史上最牛的"海归"/唐僧提干/唐僧为什么如此低调/
关于唐僧肉的分配草案/悟空的腐败与勤政/悟空跳槽的悲哀/
取经路上,为何悟空作战不给力/孙悟空为什么混不过唐僧/
《西游记》中的八大悬疑/如来反了谁的腐败

## 唐僧：史上最牛的"海归"

唐僧去西天取经，实际上就是去西方学习先进科技理念的过程，也就是留学的过程，最后学成归来。唐僧是一个货真价实的"海归"，而且，这个"海归"很不简单，资料显示，他堪当史上最牛的"海归"。

1. 留学仪式最牛。唐僧取经离开长安，是李世民亲自审查、考核、录用的，由最高统治者亲自选拔留学生，再亲自拜送起程，这等最高规格的仪式，除了唐僧，哪个留学生能够享受得到？

2. 后台老板最牛。唐僧曾是国际最高军事首领、真正的世界霸主、权威学科掌门人——西天如来的嫡传弟子，如来掌握着世界上最强大的武装组织，法力无边，从理论到实践，能力超人，放眼天下，无人能出其右。唐僧是如来的入室弟子，看如来的面子，谁都会敬他三分。唐僧在留洋前，国家元首李世民与他是拜把子兄弟。从古到今，有这种特殊背景的留学生，仅唐僧一人而已。

3. 交通工具最牛。他的坐骑白龙马是龙太子，乖乖，他就这样十几年一直骑在中华民族的图腾身上。

4. 保镖最牛。著名的齐天大圣孙悟空，官衔虽然是空头的，凭大闹天空的实力，就是玉帝也让他三分。也基本上是天界政权名誉上的元老级别。天蓬元帅曾是货真价实的元帅，统率过天河的精兵；卷帘大将也相当于现在国家元首贴身卫队指挥官，这些声名显赫的人物，都是他的贴身保镖，直到现在恐怕也找不出保镖实力更强的留学生。

5.意志力最牛。西行路上,唐僧的意志非常坚定,从来没想过打退堂鼓,就是死到临头还是不改初衷,毫不动摇。也许有人会不以为然,说有多少英雄汉能抛头颅洒热血,那唐僧还不算牛。但是,英雄能够承受痛苦,但不一定能承受幸福,后者比前者不知要难多少倍。唐僧一路上躲过了若干糖衣炮弹的进攻,抵制住无数美女的诱惑,心若古井之水,波澜不惊,凡心未动,是真正坐怀不乱的君子,试问,美人以身相许甚至以国相许的魅力,哪位留学生抵挡得了?

6.唐僧留学的学制最牛。唐僧到达世界最高学府雷音寺,在学院深造的时间很短,根本就没待上两天,领了几大箱教材,校长如来佛就颁发了派遣证,让其顺利归国了。留学的整个过程花费的时间是十四年,留学十四年,只在雷音寺待了片刻,呵,有百分之九十九点几几几的日子,都在游山玩水哩。

7.唐僧的留学资金节省最牛。唐僧从长安出发,身上就没有携带国家拨款,没有现金、支票和信用卡,而是举着一只碗,一路乞讨而去。古往今来的留学生再穷,路费和路上的生活费那是最基本的保障,一分钱不带去留学,也只有唐僧有这个胆量。不仅如此,唐僧一心为国家着想,从西方带回了大量最为先进的科技资料,却没有动用国家一分钱的外汇,为国家节约了一大笔资金,空手套白狼的贸易手段,史上也许只有他了。

8.影响最牛。唐僧师徒一行经历了无数个国家,降妖除怪,拯救生灵。为沿途的国家和居民送去了和平、安宁与幸福,为当地的人民做出了不可磨灭的贡献,沿途人民对师徒一行感恩戴德,甚至顶礼膜拜,使大唐声威远播天下。除唐僧而外,有哪个留学生能够在留学的路上搞得如此轰动?!

9.回国受欢迎的程度最牛。唐僧自西天取经回国,朝野上下,举国震动,万民欢腾,其回国壮举,被誉为万民之福。唐僧受国家元首的特邀,开坛讲经,国家元首,朝野上下,都垂耳恭听,人山人海,颂歌阵阵,数日不绝。

10.分配去向最牛。唐僧回国,国家元首的态度是十分明了的,毫无疑问,唐僧将会是僧侣系统的最高长官,全国宗教事务的绝对总管。这种聘用规格,好像还不是最高的。唐僧取经成功,表现了其坚定的心志,绝对是可造之才,这点出息让世界上实力最为雄厚、雷音寺学院法人代表——如来佛大为赞赏,又因为有师生之情在先,所以,被佛祖内招聘用。连笔试和面试都免了,并受封为旃檀功德院士,发展前景一片大好,说不定哪一天如来想退位了,把权柄交给唐僧也未可知呀,那时候,唐僧甚至有能力主宰这个世界,这样高的分配起点,绝对是空前绝后。

## 唐僧提干

金蝉子,是唐僧的前世,是如来的弟子,师徒俩感情甚好,金蝉子憨厚、本分、人品好。但他有致命缺陷——缺乏慧根。这个憨头呆脑的和尚,在西天取经路上只要遇到麻烦永远重复着那一声惊呼:悟空,这可如何是好?这种先天智商轮回了几世也没见好,更谈不上领导艺术和决断能力,在高手如云的西天,他进阶西天高层的可能性微乎其微。

真的很疑惑,这等资质,不知道怎么就入了如来的法眼?!

人无完人,神无完神,可如来何许神也,即使是错,也必定全力掩盖补救。西天高人比比皆是,即使有如来的佛光罩着,金蝉子的愚钝和平庸在各路大仙面前也是隐瞒不了的。金蝉子,要在西天直接提干,已难以服众。

如来是一位讲究运作艺术的领导,绝不会在众目睽睽之下犯低级错误,落众人的口实。在雷音寺提不了干,那就派遣他到偏远地方去锻炼一下,吃一点苦头,受一点小罪。一层含义是,若干年后,没有功劳也有苦劳,为提拔准备理由。另一层含义是，远离众大仙的视线，免得暴露太多的弱点，尽量减少众大仙在干部选拔会议上的反对。如来公正不阿的廉政形象得到维护，金蝉子的升迁也就顺理成章。

派遣金蝉子下凡，如来用了苦肉计，借口金蝉子不听自己的讲座，违反了课堂纪律，一巴掌将他贬下凡间。如来一箭三雕：一是提高了如来的权威，谁不听话就是这等下场，对弟子尚且如此的苛责，其他人还敢粗心大意？二是金蝉子躲避众仙法眼的通道正式打开，走上了如来为之铺设的金光大道，金蝉子的升迁开始蓄势待发；三是博得众仙同情，感情的天平倾向了金蝉子，为今后的提拔打下感情基础。

如来还为金蝉子的履历表大动脑筋。金蝉子的先天智商决定了如来不能交给他科技含量太高的任务，如来的人力资源学相当了得，怎样用金蝉子这颗棋子，才能使他在吃苦中少犯或者不犯错误，这很关键。如来当然知道，人类形成的重要前提就是直立行走，走路，只要是人，都会走路，何况还有几个能上天入地的顶尖高手搀扶着，连瘸子都能完成这个光荣而又前景辉煌的任务，何况四肢健全的唐僧？

金蝉子能吃苦耐劳、能忍，正宗一个宁愿让妖精吃了也不愿得罪人的家伙，这种懦弱的性格是不会犯错的。

于是，如来精心策划的"走路行动"——西天取经正式拉开帷幕。

另外，走路多少要走出点意义。平平淡淡走到西天，还是曲折跌宕地走到西天？唐僧的智商问题、体质问题、武艺问题……增加金蝉子提干的砝码，这是如来要考虑的问题，为他人谋利益是意义，为自己的佛法传播也是意义，如来将两者结合起来，"走路行动"便被如来赋予了双赢的内涵：宣传佛法、降妖除怪、造福人类。

如来掐指一算便安排好了：首先，默许那些妖魔鬼怪下界行凶，放出谣言——吃唐僧肉可以长生不老，各路妖怪趋之若鹜，"走路"走得惊心动魄，轰轰烈烈。其次，唐僧武艺不好，就安排几个得力保镖。孙猴子工夫好，就欲擒故纵，先默许他大闹天宫，再抓他归案，然后让他戴罪立功。

于是就有了孙猴子对唐僧的搭救感激涕零和死心塌地。再次，启动"走路行动"的时间表。让孙悟空使劲在凌霄宝殿折腾，不折腾够，所犯罪行就不够关他五百年，关不到五百年，就等不到金蝉子转世取经。时间上的精密吻合，足见如来对金蝉子提拔的良苦用心。

如来的基本原则是：默许一些人犯错误，再安排一些人去改正错误，于是，犯错误的和改正错误的，最终都拜倒在自己门下（天蓬元帅和卷帘大将都是道教中的重要人物，通过"走路行动"顺理成章地转会到了佛教）——皈依佛门。

于是，金蝉子的履历表就这样定稿了：师徒四人，不畏艰难险阻，九死一生，降妖除怪，救苦救难，造福万民，跋千山涉万水，餐风饮露，幕天席地，经历九九八十一难，终于将佛经要旨广播天下，普度众生，指引迷航，造福人类，功莫大焉。

如来提拔金蝉子的考察报告，在数百年之前早已烂熟于心。

众所周知，在如来的亲手导演下，"走路行动"取得辉煌的胜利。

金蝉子被提干为旃檀功德佛，佛法因之远播天下，佛教的阵营空前庞大，谁是最大的赢家？看官一目了然。

## 唐僧为什么如此低调

唐僧是佛法掌门人西天如来的入室弟子，是大唐皇帝李世民的结拜兄弟，手下有三位高徒，在天界是声名显赫的上流社会人物，威风八面。如此庞大的社会背景,精神气象上至少也应该趾高气扬、不可一世,但我们看到的却是一个蔫头耷脑、唯唯诺诺的家伙,缺少大家气象和从容淡定,总是表现得很傻很低调!

放在当代,谁有如此强硬的靠山,有百分之八十的可能性会打着高层的旗号,颐指气使,不可一世。名片正面是各种头衔,名片背面是各种社会关系,到处招摇,比如承诺一些"妖"转"仙"晋级升迁之事,索取种种好处都大有可能。

但事实上并非如此,唐僧极为低调,即使在妖精要吃他的紧要关头,也不愿意把他资深的背景说出来。换个人绝熬不到生死关头,在妖精动手擒拿之前肯定会说:"你也不打听打听爷是谁?你不想在这个世界上混了?"憨态可掬的唐僧最多会说一句"我的徒儿是当年大闹天宫的齐天大圣!"妖精根本不买孙猴子的账,马上说:"认得认得,不就是个泼猴吗?怕他怎的?"唐僧脑子似乎再也绕不过弯子了,便不再言语。

众多的妖精都知道唐僧的徒弟是谁,却不知道他的师父是谁。如果他们知道如来佛是唐僧的师傅,不知道谁还敢下黑手。如此看来,唐僧的确是很傻很低调,笔者分析有以下原因:

1. 唐僧生长的环境太单纯。从小在寺庙长大,在寺庙待得太久,与外界隔绝。心中有想象中的大千世界,却没有五颜六色的社会生活体验,不熟悉社会常识和规则,不了解世人心态,更没有洞悉妖精的根本需求,话说不到别人的心坎上去,不能命中要害。

2. 记忆中的身世自卑。唐僧的身世极为可怜,唐僧的成长史就是一段受苦受难史,父亲的惨状和母亲的屈辱形成童年的阴影,使他产生命不如人的自卑感,骨子里的张扬元素消失殆尽。

3. 忧患意识。唐僧的苍凉身世使之不敢对未来抱太多幻想,整日忧心忡忡。忧家仇,忧唐太宗的人情,忧十万八千里的生死磨难,更让唐僧担惊受怕,魂飞魄散。他怎么能不眉头紧缩,谨小慎微?

4. 恐惧感。唐僧转世之后,以前的记忆已经被抹去,所经历的都是平铺直叙的凡人生活,哪里见过多少凶险。从长安出发,唐僧就从"人间"坠入"魔界",在妖魔鬼怪的围追堵截中苦苦挣扎,也不知哪一天会被妖魔吃掉,内心的恐惧是挥之不去的,这种恐惧,使唐僧战战兢兢,情绪无法舒展。

5.能力危机。唐僧一行四人,明眼人很容易看出来,四个下属都能力非凡,而作为领导的唐僧,除了会吃斋念佛,唉声叹气,便一无所长,而且是唯一的肉体凡胎。

唐僧有自知之明,如此憨憨傻傻,除了低调,还能怎样?

## 关于唐僧肉的分配草案

西天取经,是一项光荣而艰巨的伟大事业,涉及理论进步,涉及科技革新,意义重大,影响深远。为了扫除西行路上的障碍,让取经顺利进行,为唐僧师徒构建一个良好的取经环境和和谐氛围,必须让妖精们保持沉默,安分守己,莫生事端。要做到这一点的唯一办法就是满足那些妖精,让他们长生不老!妖精长生不老的途径,不外乎两种:一种是通过漫漫修行,一种是速吃唐僧肉。第一种显然靠不住,等妖精都修成长生不老,唐僧恐怕还得轮回几世,何况多数妖精都凶残成性,永世也难成正果。第二种是速成,只要吃点唐僧肉,立马就能长生不老,那就给他们一点唐僧肉吃,给他们一点唐僧肉汤喝,既解除了师徒四人取经路上被各路妖精围追堵截的重重危险,也使沿途百姓免遭妖魔毒手。佛说,救人一命,胜造七级浮屠,想想唐僧肉可以拯救那么多无辜百姓的性命,可以造多少级浮屠?这样一来,沿路人人无性命之忧,妖妖可长生不老,符合双赢的市场法则。现提出讨论草案,就可能涉及的分配问题进行广泛而深入的讨论。

1. 首先是分配原则,什么级别的妖精,吃什么级别的唐僧肉?比如猪肉,就大腿上的精瘦肉最好。吃多吃少,也得有个标准:级别高的,多吃点,还是级别低的多吃点?按修行的常识讲,级别低的妖精,修行时间最短,与长生不老的差距最大,需要更多唐僧肉来提升修为。但这种分配方式会乱了妖精们的辈分——资历越浅反而待遇越好?于情于理都说不通,一定会遭到前辈妖精们的强烈反对。怎么分?应该好好讨论!

2. 吃唐僧肉的前提,绝不能伤唐僧性命,这也是大家一直关心的问题。唐僧必须健康地走到西天,完成取经使命,割哪里的肉就显得尤为关键,如果像夏洛克一样,割安东尼奥胸口的肉,那不但伤筋动骨,而且性命难保,如来也不会答应。考虑到安全和不影响美观,就只能动头发和指甲。但《西游记》从来没提唐僧理发的事情,感情是正宗的和尚不长头发?没有头发,就不能烧灰兑水喝,吃头发这种方式是行不通了。就换吃指甲,可《西游记》里也未提到唐僧什么时候剪过指甲,或许唐僧身上就不长多余的废料。或者让妖精们吃他的汗水(洗脸水、洗澡水甚至洗脚水),或者直接喝唐僧的尿?有本事的可以诱骗唐僧掉泪(漂亮一点的女妖精估计有戏)。因为汗水、尿液、眼泪水里一定有唐僧的肉分子、肉原子,虽然少,但也是唐僧肉啊。唐僧肉总量少,属于稀缺物资,妖精众多,每个妖精分得的唐僧肉不能以"两"为单位,不能以"斤"为单位,更不能以"公斤"为单位,只能以原子、分子的个数为单位。分多少个?得一个个数好,搞好平衡!

3. 关于量的问题。要定量研究,唐僧肉,相当于药,有个有效范围。到底吃多少才能长生不老?吃多了会不会出现副作用,变成比神仙更高级,或者比鬼怪更低级的物种?吃少了会不会不起作用,反而浪费了原材料,吊起了胃口,引起更为疯狂的争夺?根据《西游记》中"吃了唐僧肉可以长生不老"的产品性能介绍,没说"吃整个唐僧……"也没说"吃半个唐僧……"似乎不确定,既然不确定,那么吃多吃少就无所谓了。当然,最好的办法还是不割肉,和妖魔鬼怪商量一下,到了凌云渡,唐僧上了无底船,成佛时,肉体掉进水里,尸体会顺流而下,赶紧打捞,然后整个儿肢解、切割,以平均或者不平均的方式,按妖头分下去。但那具死尸,还有没有长生不老的功效?这是个问题,如果有,又怎么分?应该好好合计合计!

4. 吃唐僧肉的方式就很多了,可以煎、炒、炖、焖,既可红烧,也可清蒸,还可以水煮,或者油炸。也可以做成药丸,制成针剂。如果做药丸,可以加入唐僧的指甲、头发、头皮屑等,如果做针剂,可以把唐僧的洗脸水、洗澡水、尿液,甚至洗脚水都掺进去。这种唐僧肉虽不正宗,但你敢说这不是唐僧身上的?如果不够分配,还可以注水,可以掺假,可以短斤缺两。怎么使用,哪一种方式效果更好?应该当成一门科学,好好研究研究。

5. 分配方式上,是妖精们自主上门领取呢,还是先让妖精们报名,然后定量派送?但妖精们会不会担心这是个诱饵,带着明显的犯罪动机上门讨伐?明显有"请君入瓮"之嫌?报名?也有问题,这份名单要是被如来看到,那还了得?派送,又会暴露妖精的老巢,会冒被围剿的风险。用哪种方式分配,才能让妖精们既放心又满意?应该好好商议商议。

6. 最关键的问题,谁来当分配小组的组长,谁来牵头?请如来?肯定不行,俗话说虎毒不食子,弟子相当于儿子,如来绝顶聪明之人,怎会犯这个大忌?请玉帝?也不行,割如来弟子的肉,就等于是割如来的肉,打狗还看主人呢,玉帝绝不会与世界上武功最高的人结这个梁子的,何况这个梁子毫不利己专门利妖。再说了,神仙也不主张吃人啊,神仙是人的保护神,怎能主持吃人的仪式?请妖魔主持?也不行!妖魔私心都重,优亲厚友,说不准会被小组长独吞!请人类主持?更不行!唐太宗倒是德高望重,但唐太宗与唐僧有兄弟情谊,下不了手哇。但其他的凡人,有这个能力当组长吗,谁当组长,妖精一准先吃谁!唐僧肉还没有分下去,倒把自己搭上了,谁愿意?所以,人、神、魔三界都难选出组长,谁来当组长?这个问题至关重要,得好好谋划才行!

7. 结论:如果讨论不下来,分配不下去,还是让妖魔鬼怪自己拼抢。谁的后台最硬,谁的实力最强,那就弱肉强食,各显神通。管他大妖小妖,善妖恶妖,能逮住唐僧,吃到唐僧肉就是长生不老之妖。但这又回到起点——是抢夺而不是分配了!既然不分配了,讨论与否有什么分别呢?这个问题太荒唐了,要吸取教训,要踊跃发言,要好好总结……

## 悟空的腐败与勤政

悟空,花果山的美猴王,收编了七十二洞妖孽,统帅着千万猴子猴孙,可谓一山之主,一方诸侯。被玉帝招安后,任弼马温,虽然官小,毕竟手下也有几号人。最后官至齐天大圣,虽然头衔是虚的,但位置之高,让人不敢小觑。西天取经路上,悟空表面上是二把手,主管安全,但唐僧遇事毫无主见,事实上悟空才是真正的主事者。

只要是官,就能评出是非功过,悟空也不例外。他是一个勤政的官员,勤政得让人敬佩。同时,他也是一个贪图享乐的官员,有很多腐败的地方,虽于理不通,但也情有可原。

悟空的勤政,首先表现在他当美猴王的时候,为了能"保家卫山",光耀猴派,不惜冒着生命危险,漂洋过海,踏上十数年的漫漫求师学艺之路。终访得名师,也不忘起五更睡半夜,勤勤恳恳,苦学苦练,终于得到师傅的垂青,上了夜校,开了小灶,学得其他师兄弟没有学成的通天本领。为了武装全山猴子,悟空到处游说化缘,到傲来国和龙宫费劲九牛二虎之力,解决了武装问题,把花果山打造成一个强大的军事帝国,如果不是观世音、二郎神相助,就连玉帝的天兵天将也奈何不了他。后来,为了下属的切身利益,悟空在消掉自己的死籍时,不忘造福猴类,让猴子猴孙们一并得个永生。

其次,悟空当弼马温上任伊始,便"会聚了监丞、监副、典簿、力士、大小官员人等,查明本监事务……查看了文簿,点明了马数……昼夜不睡,滋养马匹……夜间看管殷勤……那些天马……都养得肉肥膘满"。为了那些天马,弼马温算是鞠躬尽瘁,还常常加班加点,用现代的评审标准看,弼马温绝对算一个优秀公务员。

最后,悟空当取经四人组的二把手主抓安全时,更是十几年如一日,高度警惕,忠心耿耿,鞍前马后,经历九九八十一难,数千妖魔鬼怪的围追堵截,上刀山下火海,不惜肝脑涂地,动用天上地下各种人脉关系,将一个肉体凡胎的胖和尚唐僧,毫发无损地护送到西天。如果没有一腔对事业的忠诚和献身精神,唐僧早就被地上的凡人煮着吃了,或者被那些漂亮的公主逼婚了,且不说那些眼冒绿光、浑身长满牙齿、无孔不入、防不胜防、不达目的誓不罢休的妖魔鬼怪!

人无完人,猴无完猴。悟空也有两面,一面是勤政,一面是腐败。

悟空的腐败,表现在对个人权利的追逐和地位的贪欲上。当他还是一个尚未开窍的石猴时,就懂得争权夺利,做花果山的首脑。正是这种天生的贪欲,怂恿着他走霸权主义路线,将七十二洞妖孽悉数武力征服,收为奴隶!被天宫招安,悟空满腔喜悦,当明白弼马温不过是养马的小官,齐天大圣这个职位仅仅是有名无实的虚职时,他恼羞成怒大为光火,擅离职守,捣毁蟠桃宴会,炒了玉帝的鱿鱼,甚至冲击国家机关,危害国家政权,对政治待遇和福利待遇的严重不满,使悟空的腐败竟然达到叛国的地步。

其次,悟空对吃喝及财物也极为贪婪。悟空学艺归来之后,先后非法侵占和掠夺了七十二洞、傲来国、东海龙宫的财宝。每天由各路妖孽和猴子猴孙提供山珍海味供他享乐,当弼马温时也天天吃酒,当齐天大圣则有更多的时间和借口到处喝酒游玩。玉帝信任他,让他看守蟠桃园,他却监守自盗,天天偷吃熟透的蟠桃,这是对公共珍贵财物的侵犯。后来听说蟠桃会上吃喝丰富，悟空便用不光彩的手段将蟠桃会上好吃好喝的据为己有，自己大吃大喝挥霍一通不算，还中饱私囊，将天庭的玉液琼浆、香醪佳酿搬到花果山，供喽啰们享用。

当然，悟空的腐败，主要体现在被如来镇压之前，做山大王和在天庭中瞎混的日子，那时悟空的觉悟不高，定力不够，还处于自我和本我状态，缺乏自制。但经过五百年的牢狱之灾，悟空泯灭了魔性，终于彻悟，精神得到升华——为了猴类和自我的利益争执不休，是站在极少数猴的立场上，维护的是极少数猴的利益。最终，悟空幡然醒悟，作为心比天高的斗士，必须站在芸芸众生的立场上，拯救天下苍生，济世救人，普度众生。悟空将此科学理念付诸行动，几十年如一日，克己奉公，俯首甘为孺子牛，取经路上，打击昏庸政权，横扫一切妖魔鬼怪，为沿途百姓构建了政通人和的和谐社会。

悟空的腐败，被五百年牢狱清算。悟空的勤政，最终得到组织嘉奖和封赏，被如来破格提拔任用，成就一尊斗战胜佛。

## 悟空跳槽的悲哀

悟空自灵台方寸山，斜月三星洞艺成归来，便被外面的世界所迷惑，难守本分，总喜欢游历名山大川和洞府幽谷，乐不思蜀。即便偶尔回家，也总是缠着有资历的老猴子讲山外的世界，典型的心猿意马。

在世外桃源花果山，悟空本是一方诸侯，如果学习师傅须菩提祖师，潜心修炼，也能图个逍遥自在。但悟空一心想走仕途，逢着太白金星招安，和天庭搭上关系,便毅然撇开亲人和家业,上天庭赴任。

从此,悟空开始了坎坷不平的职业生涯。但在平凡的岗位上,他不甘于平凡,把天庭搅得一团糟不说,还弄得后院起火,将花果山沦陷在腥风血雨之中。

天庭招聘悟空的目的,是为了对他进行管束,并非想让他展现才华和施展抱负。做弼马温伺候天马,悟空很烦很委屈,但他不愿意辞职,威胁天庭,要求加官晋爵,玉帝被逼无奈,便再一次给他虚职——齐天大圣,将他从前厅管天马,调到后宫看果园。

最后,悟空偷吃蟠桃,搅乱蟠桃会,惹恼了玉帝,双方都撕破了脸,大打出手。悟空便一不做二不休,撵了玉帝,抢了玉帝的宝座。这下惹毛了如来,如来实力强,资历老,都没抢玉帝的位子,轮得到一个小毛猴横刀夺位?如来不高兴,后果很严重:悟空被如来一巴掌拍翻在地,用五行山压着,五百年动弹不得。绝望的悟空,为解脱牢笼,被迫投降,从道教的阵营一步蹿进佛教的阵营,接受如来整编,八百多岁的齐天大圣成为一个二十来岁肉骨凡胎的和尚的马夫!

看看悟空跳槽的经历:美猴王(一方诸侯)——弼马温(玉帝的马夫)——齐天大圣(果园果农)——唐僧的大徒弟(唐僧的马夫)——斗战胜佛(雷音寺的家丁),五个职位,竟两次侍候马,弼马温这个头衔倒是名副其实。齐天大圣一职是悟空职业生涯的顶峰,虽然只是个空头衔。而斗战胜佛的职位,不仅是虚职,而且滑稽可笑,连封号上也打上了暴力烙印。斗战胜佛是什么待遇?可以根据猪八戒净坛使者身份来进行参照。所谓净坛使者,就是佛事做完了,待如来等高官享用完了,八戒以宽大食肠清扫战场,说俗点,就是舔盘子,与大街小巷那些要吃要喝的乞丐没有本质上的不同。所以,悟空的斗战胜佛,待遇也高不了多少,最多相当于如来的家丁,与奴仆并无二致。

悟空跳槽的悲哀,是没有认清形势,不懂职场规则。首先,跳槽的时机不对,在坐牢的时候,身价最低,有人招聘,已是福星高照了,还能奢望好待遇？其次，跳槽的单位也不对，竟然跳到仇人的怀里，能有好果子吃？最后一次跳槽，最无奈，也最悲壮，成为悟空职业生涯的转折点！跳槽禁忌，悟空一犯再犯，最终必然是英雄末路！

跳槽，如果不是被挖，很多个"为什么"都将在领导的脑海中盘旋。跳槽者的一举一动，将被周围的人一层层过滤和审查，不仅是忠诚，工作能力、团队精神、时间管理等，都会受到来自不同渠道的质疑。

悟空不知道，只有在恰当的时间，恰当的地点，做恰当的事情，才能成功！

通过几次坚韧不拔地跳槽，悟空在职场生涯中画了一条坎坷而悲哀的曲线，彻底完成了由美猴王到奴仆的转型。

## 取经路上，为何悟空作战不给力

孙悟空大闹天宫，整个道教天庭倾巢而出，各路神仙都铆足了劲，软磨硬泡，法术兵器，无所不用其极。遗憾的是，抵不过悟空的一根棍棒，两只猴爪。

二郎神派哮天犬偷袭，太上老君趁火打劫使用暗器，才勉强擒住悟空。但身手不凡的悟空炼成金刚不坏之身，便打翻了太上老君的丹炉。从此道教再无敌手，就连西天如来也是使诈才将悟空镇住。

以此观之，三界之内，除了悟空的师父菩提祖师，按武功排位的话，悟空在道教中是第一，在佛教中不是第一就是第二。

这样一位叱咤风云的武功高手,却在西天取经路上屡战屡败,几乎输给了清一色的妖精。随便一只黄鼠狼、一只狐狸,甚至是一具骷髅,也能整得悟空焦头烂额。妖精们都拿悟空当软柿子捏呢,难道妖精们的工夫比如来都高?当然不是,悟空打不过的时候,便去请天兵天将,天神上阵,大多是一个照面就能把妖精抓获归案。显然,问题不在妖精身上,而在悟空身上,那些天神曾经都是悟空的手下败将呢。悟空战斗力衰弱得一塌糊涂,以笔者观之,是如下原因所致。

1. 悟空坐牢太久,手脚麻木,反应迟钝,从物质受损到精神受挫,这是悟空功力锐减的客观原因。

2. 悟空因武功而犯罪,被判五百年漫漫刑期,悟空对武力有严重的忌讳心理,唯恐恃之过盛,再进班房。

3. 俗话说,道高一尺,魔高一丈,悟空大闹天宫时为黑道,是魔,可以不择手段,神出鬼没,让人防不胜防,功力便能超常发挥。取经时为白道,讲规矩,懂礼仪,这条无形的绳索,禁锢了悟空的心,捆绑了悟空的手脚。身心受制,难以正常发挥!

4. 悟空的绝活之一就是筋斗云,筋斗云在天上才有用武之地,在地上则难以施展。悟空适合空战,但妖精们大多发动陆战,这正是悟空的短处,速度上不去,悟空的功力当然大打折扣。

5. 妖精们开发了宝贝的性能。比如太上老君的金刚琢,竟然能夺走悟空的金箍棒!金角大王的葫芦,竟然能将悟空囚禁得无法逃脱。这些宝贝的性能,连发明家太上老君自己也不清楚,不然,大闹天宫时,太上老君独自一人就能完全搞定,还用请如来救急?

6. 大闹天宫时,悟空自己是老板,出生入死,都是为自己的荣誉而战,定当竭尽全力,奋不顾身,甚至舍生取义。取经时,唐僧是老板,悟空是打工仔,输赢都记在唐僧账上。在胜利果实的分成上,唐僧更是最大的赢家。悟空工作积极性不高,影响主观能动性的发挥!

7. 取经时,悟空战胜战败,都有如来的面子撑着,卖不卖力都无关宏旨。

再说,天上的神仙乐于帮助如来的多了去了,谁不想巴结如来一下?悟空早学乖了,别人能办的事情,就请别人办吧,一则可以偷点懒,二则少结新的梁子,三则给天上的兄弟们一些露脸的机会,算是弥补大闹天宫时对众神的伤害吧。

8. 如来故意让悟空坐牢,将他的功力钝化。这样才能加大取经的难度,才能给唐僧的政绩簿上涂上闪光的一笔。以悟空大闹天宫的武功,取经路上绝对是所向披靡,妖魔鬼怪一定会闻风丧胆、望风而逃,取经势必易如反掌,这就违背如来磨炼唐僧的初衷了!

综上所述,悟空作战不给力,是取经的需要,是时势的需要,更是组织的需要!

## 孙悟空为什么混不过唐僧

孙悟空,由一个默默无闻的石猴,到一个大闹天宫直逼玉帝弃位而逃的反封建斗士,其顶天立地的英雄气概名动天地,令人热血贲张,扼腕赞叹。唐僧,由一个如来身边不认真听课的逃学书童———金蝉子,到一个肉骨凡胎的和尚玄奘,其肉头肉脑的形象令人恨其不争哀其不幸,成为居其位不谋其政的弱智领导的典型。

显然,论个性,悟空比唐僧足;论名气,悟空比唐僧大;论工夫,悟空比唐僧高;论人气,悟空比唐僧旺。如果用民主投票方式决断胜负,唐僧定会一败涂地。但是,为什么厉害如斯的孙悟空,却只能臣服于唐僧,鞍前马后,心甘情愿地充当唐僧的保镖呢？

孙悟空和唐僧的关系，早在两人尚未谋面之前，便被如来打上师徒的印记。解救悟空，不过是如来佛送给唐僧的紧箍咒之一，这个无形的金箍，远比有形的金箍更厉害。有形的金箍箍住的是悟空的身体，无形的金箍箍住的却是悟空的心灵，让其负债一生，感恩一生。唐僧躬身一拜，五行山上的偈子便不翼而飞，唐僧用弹指瞬间，换得悟空一世的感激涕零和卑躬屈膝，普天之下，只有如来才能玩出这样的大手笔。此后，唐僧和悟空的尊卑高下截然分明。一开始，悟空便失去了竞争的基础和条件，被捆绑在被统治的位置上，永世不得翻身。

即便没有悟空和唐僧的师徒关系，换任何领导搭配取经班子，也不会让悟空挂帅。领导艺术，说穿了就是文治武功的游戏，世界历史多半都在安享太平，金戈铁马的日子毕竟很少。所以，文治文化比武治文化更为博大精深，历代统治者大多趋向于任用文官，文官也比武将安全，唐僧即便有反心，也搅不起大闹天宫那样的惊涛骇浪。取经团队，唐僧就是文官的不二人选，悟空自然只能屈居其下了。

西天取经，孙悟空等一干徒弟，都是清一色的道教中人，被迫转会到佛教系统。按常理，转会有两种情形：一种是主动跳槽，一种是被挖。孙悟空算是第一种，他不转会，就会被终身监禁在五行山下。但他选错了时机，跳槽应在人气最旺、利用价值最大的时候待价而沽，而不是最低谷任人摆布。悟空选择了在坐牢这个倒霉透顶的时候跳槽，新单位的待遇当然惨不忍睹。再说了，领导大多不太喜欢跳槽的人，即便是精英，也始终会怀疑跳槽者的忠诚！精明如如来者，怎会用一个曾犯过反革命罪的跳槽者？正宗佛教体系就唐僧一人，唐僧仍然是唯一的选择。

悟空的学历、背景、出身等，无一能与唐僧匹敌。论学历，唐僧的学识不是博导至少也是博士，悟空基本上就是文盲；论背景，唐僧是高层领导的关门弟子，基本上算是高干子弟。悟空不但庙堂无人，江湖上也举目无亲；论出身，唐僧出自状元府邸，悟空则出自荒山野岭，简直是天壤之别。悟空没有明确的师承渊源,没有理论指导,没有信仰,更没有敬畏,言行举止极不收敛,放浪形骸,不服管教,屡屡制造恐怖事件,即便五百年的牢狱之灾,也没有完全泯灭他的暴力倾向,一直遭遇着信任危机。唐僧信仰佛教,敬畏如来,理想坚定,一心向佛,做事中规中矩,政治清白,根红苗正,绝对是堂堂正正的国家公务人员,当然被如来青睐,委以重任,被提拔是顺理成章,理所当然。

如此种种,悟空混不过唐僧,是意料之中的事情。

# 《西游记》中的八大悬疑

《西游记》是中国古典四大名著之一,是一部优秀的神魔小说,在世界文学史上有着不可取代的独特地位。其特点之一,就是悬疑:悬而未决的疑问,让读者疑窦丛生,难以释卷。

悬疑之一,猴类的生死簿已毁,悟空的生命与天地齐寿。但天兵天将和太上老君还不遗余力地用电光雷火、八卦丹炉等杀伤性武器企图毁灭悟空。到底生死簿有没有生杀予夺的功能?从悟空撕了生死簿还魂来看,应该有!但看看太上老君等想置悟空于死地时的信心满满,生死簿的作用在他们心中不过尔尔,让读者对生死簿的功用高度怀疑!

悬疑之二,据《西游记》中的情节,不知是谁暴露了一个惊天秘闻——吃了唐僧肉可以长生不老!但唐僧之母殷氏曾咬断唐僧脚趾,至少有无数唐僧肉细胞和分子渗入殷氏的血液,可以说她是吃唐僧肉的第一人。但遗

憾的是,她不仅没有长生不老,反而中年殒命。让人质疑唐僧肉长生不老的功效,是"可以有",还是"真没有"?

悬疑之三,孙悟空的武功。大闹天宫时,二郎神借助哮天犬和太上老君的偷袭才擒住悟空,可以说,除了如来佛之外,悟空在天界罕逢敌手。如果按武功排座次,悟空应该位列三甲。但取经路上,随便一个小妖精就能把他整得焦头烂额,苦不堪言。而小妖精的主人们,如太上老君、托塔天王等大腕级神仙都曾是悟空的手下败将,但他们的宠物,一头牛,甚至是一只老鼠,都能打得悟空满地找牙,让读者疑惑:动物之凶猛甚至超过了主子?

悬疑之四,仙界本有很多可以擒拿悟空的宝贝,如太上老君的金刚琢,能收兵器;装丹葫芦,其整人效果非同寻常;地元大仙的袖袍,把悟空像垃圾一样收进去……大闹天宫时,如果这些神仙用这些宝贝对付孙悟空,他一定在劫难逃!这些宝贝的强大功能,是大闹天宫时没开发出来,还是神仙们故意袖手旁观?

悬疑之五,对唐僧第十世转世的时间界定,一直模棱两可。一说是作为陈光蕊的儿子,这是唐僧的第十世,一说是过了凌云渡脱离肉身之后,才算新生。第一种说法把吃唐僧肉可以长生不老的传闻证明成假命题,如其母殷氏没有长生不老,中年殒命。第二种说法把妖魔鬼怪疯狂地围追堵截唐僧的意义归零——如果取经路上的唐僧还身处第九世轮回,吃他的肉就不能长生不老,妖精们的哄抢不过是一场瞎忙!

悬疑之六,观世音劳苦功高反遭降级。取经路上,唐僧对观音菩萨唯命是从,行九拜大礼,自称弟子,应该说观世音的地位在金蝉子之上。但西天封佛后,唐僧成了佛,位置一跃而上,排在菩萨前面,观世音的政治地位排序,在南无旃檀功德佛之后,连南无斗战胜佛也在观音之前。功勋卓著的南无观世音菩萨,操心劳神十数年,政治前途上,反而被唐僧和悟空插了队,离权力核心的位置越来越远,让人难以理解!

悬疑之七,太上老君一而再,再而三地犯错误。首先是被悟空偷吃了仙丹,后来又让悟空从炼丹炉中脱逃,接着就有童子、青牛下界行凶……

诸多错误接二连三地发生在一个元老级的神仙身上,是老糊涂了,还是浪得虚名?

悬疑之八,道教的罪人在坐牢期间仍然可以为非作歹,行凶吃人,甚至在观音点化后,仍然屡教不改。猪八戒错投猪胎在人间受罚,犯有强奸未遂罪在身,但色性未改,霸占了高翠兰,在云栈洞吃人,逍遥自在。看看沙和尚脖子上的骷髅,就知道他在流沙河吃的人也不在少数。小白龙藏在深涧里,也以吃食过路生物度日。这些家伙,在道教的刑罚面前,在观音菩萨的点化面前,不仅没有洗心革面,反而继续胡作非为,不知是对观音菩萨洞察力的亵渎,还是对天条的藐视?

这一个个难以解说的疑团,一直沉潜着,勾起读者的探寻欲望,让人欲罢不能。

## 如来反了谁的腐败

孙悟空大闹天宫,如来一直在静观其变,如来早就看不惯玉帝统治下积重难返的腐败天庭,让孙悟空搅和搅和也好。不然,玉帝不知道自己的天庭到底有多腐败。

如来本可以借悟空之手继续打击玉帝的尊严,这时候情况发生了一点变化,一是事情闹大了,如来不出手有碍高层官官相护的情面;二是孙猴子通过大闹天宫聚集了相当的人气,政治支持率直追如来,号召力和影响力不可小视,这不利于如来的唯我独尊;三是野猴子不知天高地厚自己要坐玉帝的龙椅,这就完全违背如来的初衷,这让如来绝对不能忍受,我如来都没有熬到这个份儿上,你这个猴子怎能这么张狂。如果猴子不是不知天高地厚爬上了玉帝的宝座,如来绝不会急吼吼地出手!

反腐行动应该暂时告一段落,如来已经基本实现了自己的目的:政治支持率扶摇直上,已经远远超过玉帝。

让天庭名誉扫地的目的已经达到,现在先关孙猴子一段时间再说,孙猴子便只好乖乖地待在五行山下坐牢。

如来通过孙悟空挫伤了玉帝的颜面,但是,这只能证明玉帝和王母的腐败,帝王的腐败历来都不是深究的主题,帝王怎么腐败老百姓似乎都可以原谅,但是,如果大臣们腐败,政权的根基就动摇了。如来的下一步,要证明玉帝手下的官员的腐败!

西天取经,一路上就是反玉帝高级官员的腐败:金角大王和银角大王是太上老君的两个童子。黄袍怪是二十八宿里的奎星奎木狼。鼍龙是西海龙王敖顺的外甥。兕怪的主子也是太上老君。九灵元圣是太乙真人的坐骑九头狮子。鼠精是托塔天王的干女儿……可以看出,玉帝的政权从元老到军队,从高官到大仙,都在搞腐败,大多是工作上的腐败,疏于管教,才给了如来可乘之机。

但是,任何事情都不是绝对的,如来在反玉帝腐败的时候,没有注意到灵山的腐败,不识佛教真面目,只缘身在灵山中! 如来本以为有观音菩萨的协助,悟空一行一定能取得反腐的成功。但是,如来高估了观音的能力,有的妖怪厉害得连观音也奈何不了。说实话,如来自视甚高,根本没有想到自己的地盘上会出妖精,孙猴子一路反腐中,不仅反了玉帝的腐败,同时也反了如来的腐败,这一点如来始料未及。

悟空反佛教的腐败功劳不小:狮猁怪的主人是文殊菩萨,金鱼怪的主人是观音菩萨,黄眉老佛的主子是弥勒佛。赛太岁、金毛犼是观音菩萨的坐骑,如来的贴身书童阿难、迦叶向悟空索要贿赂,大鹏金翅雕竟然是如来的舅舅!

观音统筹全局的能力让如来有些失望,如来怪自己疏忽大意,不是没本事察觉,老虎也有打盹的时候,导致反腐形势发生了戏剧性的变化。

如来没想到,反腐到了最后,反到了自己头上,反腐的双刃剑威胁到自己了,腐败还能反下去吗?

如来陷入两难的境地。但如来终究是如来,把握全局的能量还是易如反掌的。悟空师徒一行已在反腐路上,还是让他们反到西天再说吧。如果半路上刹车,如来的野心必然暴露,反正已经反到自己头上了,干脆让他们多反几个,也顺便正一正佛教的秩序,同时也为证明自己找到了口实:悟空连我如来的腐败也敢反,当然不是我如来在背后捣玉帝的鬼,大闹天宫与我如来无关,以我如来的智慧,怎会捉个虱子在自己头上咬呢?

如来的反腐行动最终以弄巧成拙告终!

# 第 八 辑
## 屈膝之美

挺拔云杉 / 母亲怕儿一辈子 / 生命中的偶然 / 屈膝之美 /
让阳光照亮内心的每一个角落 / 网络语言的道德底线 /
有一种意义叫过程 / 省略号情结 / 做时间的粉丝

## 挺拔云杉

一群云雀飞过一座小山,把一枚云杉的种子落下了,不仅云杉,还有其他灌木和藤蔓的种子,比如八月瓜、比如青藤。

云杉长在小山坳里,暖和,不怕风,什么寒风凌烈,冰刀雪剑,都与它无关,小云杉很幸福。

八月瓜树长在山梁上,被一袭青藤缠绕着。长势快,地势高,视野开阔,八月瓜和青藤时常讨论视野所及的一些事情。让云杉艳羡,她见所未见,闻所未闻。

山坳阴暗,阳光稀少,被山梁的藤蔓荫翳着,长得慢,矮小自卑。即便是伸长脑袋,也只能仰望八月瓜树的胳肢窝。云杉觉得自己是井底之蛙,窝在高大灌木的遮掩下,只能坐井观天,仰人鼻息。除了头顶的八月瓜树和藤蔓,云杉看见的,不过是巴掌大的一片天。

一天,云杉很憋闷,恳求八月瓜树说,你们能说大声一点吗?我什么也看不见!我也想了解外面的世界!八月瓜正要回答,青藤却冷冷地说,想看外面的世界,小矮子,自己努力长吧!八月瓜本想宽慰云杉两句,但又不想惹青藤生气,毕竟青藤附在自己身上,与自己朝夕相处,为自己挡了不少风寒,不能胳膊肘往外拐!

二比一,八月瓜树的漠然表明了立场。

云杉缄默了,挺拔身躯,头顶苍天,脚踏大地,深扎根须,抽芽拔叶,坚定执着地向着理想的高度挺进。

八年,十年,二十年……有一天,云杉惊奇地发现头顶的八月瓜和青藤竟然不见了踪影?云杉俯视脚下,嗬,脚踝处,有一棵八月瓜和一网青藤,一阵风过,正瑟瑟发抖!它们曾经还为自己遮风挡雨呢,云杉舒展遒劲的枝条,把八月瓜和藤蔓掩护在自己庞大的绿荫下。

仰望天空,阳光明媚,白云缥缈俯。俯瞰大地,一切在脚下臣服。远处,山峦起伏,碧野连绵,小桥流水,清风荷影。身旁,小草在山坡上舞蹈,百鸟在耳边高歌,八月瓜和青藤羡慕,都在向自己致敬!

云杉弱小卑微时,优势不明显,得不到认可。唯一能做的,就是挺拔身躯,努力拼搏!终有一天,崛起了、强大了,成了参天巨木,俯瞰万物,视通千里……蓦然回首,才发现,只要脊梁挺拔,不断上进,曾经在意过的一切问题,早已不是问题!

# 母亲怕儿一辈子

母亲是个心胸开阔的人,能把世间所有的事情装在心间,波澜不惊。在我的记忆中,她是一个豁达到天塌下来都不怕的人,顶得住,撑得起。但是,母亲却怕我,自我呱呱坠地那一刻起,那个"怕"字就刻在母亲的心尖儿上了,她生怕我受一丝风寒、一点挫折、一次摔打……这一怕,就像我的影子一样,印在母亲的心头,挥之不去。

儿时,母亲就怕我吃不饱、穿不暖。冬天,她总要把手在火塘边烤热,伸

进我的小棉袄里,摸摸我的肚皮撑圆了没有,摸摸我的后背是不是暖和的,再在我的额头上亲一下,试试我的体温是不是正常。然后拧一下我的鼻尖,说,嗯,乖乖娃,好着呢,自己玩去!要是我不小心感冒了,她会漫山遍野地去寻草药,熬好给我喝。只要我生病了,母亲总是一手端着药碗,一手捏着几颗水果糖。在我的记忆中,母亲熬制的草药汤,总是甜的。只要我有一点不舒服,母亲就会整天陪在我身边,用她细腻的温暖一点点驱走我体内的病痛,直到我又活蹦乱跳起来,母亲的眉头才会舒展。后来,我学会照顾自己了,身体强健了,母亲终于丢掉了这个"怕",我想母亲应该心安了。但母亲一刻也没有消停,随即又捡起另一个"怕"来。

母亲是个农家妇女,却知道学习的重要意义,她总是给我讲身边的一些"能人",说他们之所以能当医生、当教师,是因为小时候学习很用功,说话时,母亲的眼中有一种羡慕,也有一种期盼。在母亲的向往和期盼中,我暗下决心,有一天,我也要成为那些"能人"中的一员,让母亲为我感到骄傲。我上中学时,母亲得过两次重病,每一次昏迷过去,迷糊中总是念叨着一句话——不要把航儿叫回来,不要耽搁他的学习!即使在生死关头,母亲仍然怕影响我的学习。母亲沉甸甸的"怕"督促着我,催逼着我考上了理想的大学。

我笑着问母亲,现在我都考上大学了,您不用再怕什么了吧,母亲却说:还是怕哩,怕你找不着工作啊!

怎么还怕啊?我发誓,我一定要找一份好工作,以此来解脱母亲心头的忧虑。毕业后,我在一所中学任教,这正是母亲期盼的,她说她就爱两种职业:教师和医生,都是做好事的职业,历朝历代都需要这样的人才!母亲是怕我失业呢!我问母亲还怕不怕,儿子现在有一份让亲友们羡慕的稳定工作了!母亲却说,还是怕,怕你不好好教书育人,怕你误人子弟啊!通过不懈的努力,我的工作业绩得到了领导和学生家长的认可与赞许,母亲也为我感到骄傲。我认为,这下子母亲应该把那个困扰了她几十年的"怕"扔到太平洋去了。

一次听一位远房的姑姑说,你母亲怕你找不着媳妇呢,说你二十几岁的人了,找不着媳妇怎么办? 为此,我专门回家一趟,跟母亲说,喜欢您儿子的姑娘多呢,别担心。我挑了一个母亲和我都中意的姑娘——阿琼,和她确定了恋爱关系,一年后结婚了。我想,终于了却了母亲的一块心病,我都成家立业了,她老人家该不会再怕什么了吧?

谁知,一次和母亲聊天,母亲说,她仍然有很多怕,怕我们处不好夫妻关系,怕我们带不好自己的孩子,怕我们不能处理好家庭和事业的关系,怕我们教育孩子的方法不对,怕我们不能适应越来越激烈的社会竞争,怕我们……

天哪,这样怕下去哪还有个尽头。我问姑姑,我要怎样做才能让母亲不怕呢? 姑姑笑着说,你怎样努力,你母亲都会怕你的,做母亲的,注定会怕儿子一辈子! 我才慢慢醒悟,这哪里是怕呢,这分明是母亲对儿子一种贴心贴肺的深爱,这种深爱会萦绕在母亲心间,如影随形地伴随着我,永无止境……

## 生命中的偶然

有一个女孩约了朋友,一起去郊游,朋友们都在公交车上等她,告诉她两分钟之后公交车就会到达她家楼下的车站。她背上背包,急匆匆出门,锁上门后才发现忘了带面巾纸,于是忙重新开门。

当她跑到楼下公交车站的时候,公交车刚刚离开停车位,她看见她的朋

友们在车上向她挥手,向她呼喊:乘下一趟车!

她很沮丧,她只需提前五秒,就能赶上这辆车,就能和朋友们欢聚在一起。现在,她只能眼睁睁地看着公交车慢慢远去。

她做梦也不会想到,那辆公交车还没有走到 50 米,就被一辆失控的载重 100 多吨的大货车撞了个底朝天,公交车被大货车推着向前滑行了 50 多米,直到最终被彻底挤瘪在天桥底下,全车无一幸免。她记忆力不能说超群,但她也不是一个健忘的人,忘记拿面巾纸,纯粹是个偶然。但这个曾经让女孩懊恼不已的偶然,却出人意料地拯救了女孩的生命!

西文有一童谣:失了一颗铁钉,丢了一只马蹄铁;丢了一只马蹄铁,折了一匹战马;折了一匹战马,损了一位将军;损了一位将军,输了一场战争;输了一场战争,亡了一个帝国。

有人说这则寓言主要讲的是蝴蝶效应,告诉我们要注意细节。我更认为这是在告诉我们事情的发展过程中,会遇到一些偶然性,而这些看似乎微不足道的偶然性,有时候却能起决定性的作用。

一个国家灭亡的原因是一颗小小的铁钉,听起来有点玄,但这绝不是危言耸听。

这颗铁钉钉在哪块马蹄铁上觉有偶然性,而不是必然性。这块马蹄铁会钉在哪匹马的马掌上又具有偶然性。

碰巧的是,这种偶然性偏偏让将军的马遇上了。将军战死沙场,帝国灭亡。偶然性的作用促成了帝国的灭亡。一根细细的链条,恶性膨胀,最终扼住了帝国的喉咙!

我们必须承认偶然的力量,某些时候,它可以让生命改道,甚至让一个帝国寿终正寝!但并非说这些偶然无法规避,相反,正是一些人忽视了这些偶然,才酿成大错。

第一个故事中的女主角没有忽视偶然,忘记了的东西,赶紧弥补才是。于是,在生命危机的当口毅然转身。她也忽视过某些东西,但她进行了弥补,所以说她对待偶然的方式是正确的。

忽视偶然因素的是那辆公交车,如果提早注意到远方疯狂而来的载重货车,紧急避险的可能性便大了许多。还有那辆该死的失控货车,如果司机注意到车况的每一个偶然,按时检修、随时保养、谨慎驾驶,那么悲剧将不会发生。

而那颗闯下弥天大祸的铁钉,如果被铁匠铺的工人注意到,如果被钉马掌的匠人注意到,如果被将军注意到……

细节决定成败,小心谨慎,让每一个偶然都出现在安全的轨道上,这才是偶然的意义。

# 屈膝之美

应邀出席一个出版发行会议,会后和主办方合影,和我邻近的是一位身材曼妙高挑得足以做模特的副主编,窈窕秀美,气质典雅。我和参会的几位男同胞的个子都不算高,这位美女便以鹤立鸡群的姿态高出我们很多。美女的高度,对邻近的几位男同胞构成一种潜在的居高临下的"威胁",但个子高,哪里是她美女的错!能和美女合影,对于我等男人来说就算是一种艳福了。

当摄影师调好焦距提示喊"茄子"的时候,我发现身旁这位美女的一只膝盖稍稍向下曲了一下,身躯稍微向我这边侧倾了一点,美女的这种身姿降低了她的相对身高,她的身高和我们保持了大体平衡。但我没在意,以为是这位美女的潜意识动作。

当摄影师喊第二声"茄子"的时候,这位美女又把刚才的屈膝动作重复了一遍。我才意识到美女的动作是一种有意识的行为,她善解人意的心思在优雅的举动中得到彰显。一个女子没有趾高气扬地表现出天生丽质的优越感,反而"委曲求全",在乎身边人的感受,让我很是感动。显然,这是一位对美学有感悟的女子,这是一位对心理学有研究的女子,这是一位对爱与和谐颇有心得的女子。

后来,从照片上的效果来看,正是这位美女的屈膝动作,成就了一组照片的和谐之美。

事隔很久,这个具有美学象征意义的屈膝动作,成为一种人格的光环,定格在这位充满魅力的优雅女子身上,一直浮现在脑海,挥之不去,使我不由得想起现实生活中的一些屈膝动作来……

夕阳下的草坪上,一个小男孩,张着双臂,迎着夕阳,迎接刚下班的妈妈,在妈妈经典的屈膝动作中,实现了母子重逢,孩子兴高采烈地投入妈妈的怀抱,像一尾重新回到水里的鱼,笑声的波纹,一圈一圈在草地上荡漾开来,温暖着母子的心窝及草坪上的夕阳……

一位颤巍巍的老人迈着双腿,拄着拐杖,踯躅在大街上。一位颇具绅士风度的男士礼貌地挽住老人,然后弯腰,屈膝,伸手,系上老人已经松开的鞋带……

一位刚回家的年轻媳妇,给年迈的婆婆打来洗脚水,屈膝,蹲下,轻轻按摩婆婆那双历尽坎坷和磨难的小脚……

一个脸上溢满幸福的男子,望着心仪已久的姑娘,掩不住为之倾倒的神态,缓缓屈膝,单腿跪地,将一只象征永恒的戒指戴在早已脸颊绯红的姑娘手指上……

屈膝,放下身架,降低自身高度,在细致入微的关爱体贴中,成就完美,成就大爱,成就和谐。于是,在思想和行为互为因果的良性循环中,道德的标杆开始上扬,人格和情操开始升华。

# 让阳光照亮内心的每一个角落

每次回老家,德福都高兴得像个孩子,莫名的快乐和兴奋,这是一种特殊的旅游——有旅游的新鲜,有回家的快意。但这次却不同,德福愁眉不展,还暗自叹气。这一切,逃不过德福爹的眼光。

酒喝到半晌,德福爹试探着问德福,遇到什么棘手的问题了?德福说,人际关系!德福爹问,说说嘛,别憋坏了!

德福说,在乡镇工作的时候,每天都开开心心的,但拼命奋斗到城里,谁知却处处碰壁。德福爹问,碰壁?

德福说,从小,您教导我,对每个人都要笑脸相迎,给每个人一片灿烂的阳光,这样,阳光就会照亮自己内心的每一个角落,整日生活在阳光灿烂的世界里,这就是人生的幸福!

德福爹说,这有什么不对吗?

德福说,以前在乡镇工作,给同事们笑脸,给村民们笑脸,那里的人都很厚道,都能投桃报李,给他们一个微笑,他们丝毫不怀疑你的动机,也给你一个微笑,所以处处阳光灿烂,感觉非常幸福。但是,自调进城里,情况就全变了。很多城里人把我的谦谦君子当成一种谦卑,当成懦弱,甚至当成软柿子,想掐就掐,想捏就捏。就说那个看门的李大爷吧,单位上有谁拿正眼看过他?有谁跟他打过招呼?就我!每天上下班,我都客客气气地跟他打招呼,跟他问个好。但是,前天早上,他竟然提高嗓门吆喝我。原来,我身后跟

着一个收破烂的,人高马大,拽拽的,牛气哄哄的,进门时看也没看李大爷一眼,径直就进来了。李大爷没敢制止他,却吆喝我——谁让你带进来的?你不知道机关大院的规矩吗?赶紧带出去!当时上班的人多,李大爷高喉咙大嗓子,吸引了不少人的眼光,让我非常尴尬。我赶紧说,我不认识这个人,我没带人!收破烂的漫不经心地回过头,瞪着眼对李大爷吼道,嚷什么,我是张书记的亲戚,办公室主任安排我处理整幢楼变废的东西,你吆喝什么?我又不是第一次进来!听说是张书记的亲戚,李大爷赶忙说,哦,您是张书记的亲戚,怪不得看您面熟呢,进去吧!这还不算,连管理小区公厕的胡大哥都不把我放在眼里,你说每天上公厕那么多人,有谁拿他当回事?没有!就我当他是个人!我看他干着最脏最累的活儿,不容易,很尊重他。昨天早上,我路过公厕,肚子疼,想上个厕所,他和他老婆两人都在里面刷地板,你说他老婆一个三十来岁的女人,我怎么好意思当着她的面宽衣解带?我就说,胡大哥,请嫂子出去一下,人有三急呀。胡大哥没好气地说,没看见正忙着嘛,就你急呀?那女人也狠狠地瞅我,那眼光,像刀子,能戳死人。我无可奈何,便没吱声,只能等他们忙完。这时候,进来一个人,睡眼蒙眬,眼屎还吊在眼角晃呢,对胡大哥两口子吼道,太阳都一竿子高了,这阵子才保洁,早干什么去了?出去!出去!那个语气叫牛,理直气壮,没有丝毫商量的余地。话没说完就开始解皮带,然后裤子哗地一下就下来了,老胡赶紧用身子挡住那个人,把他老婆推搡出去了。你说这是什么事儿?来软的不行,来硬的好使?唉……

德福爹说,明白了。你看我们楼上的阁子间,除了几根柱子,是不是四壁透光啊?我们没砌墙围起来,就希望那里时刻都能照射到阳光。但是,太阳不是专属于我们阁楼的,太阳不仅要照射北半球,还要照南半球。到了晚上,阁楼还能享受阳光吗?不能!总有阳光照不到的角落,总有阳光照不到的时刻。但这并不表明我们的阁楼明天就不能迎接新的阳光吧!只要心胸坦荡,管他阴晴雨雪,管他白天黑夜,阳光终究会照亮内心的每一个角落!

德福彻悟,回城,上公厕遇到胡大哥,依然笑容满面。胡大哥说,兄弟,那天早上,我和你嫂子拌嘴了,所以心气儿不顺,你谅解一下。到单位,进大门,德福依然对着李大爷微笑点头。李大爷笑眯眯地走过来,紧紧握住德福的手,说,好小伙子,有气量啊。那两天,有个办公室失窃,把责任推到门房,我心里正堵得慌,见你带着生人,就有火。大爷给你赔不是,请你谅解大爷!

天空,太阳正在冉冉升起,一张张真诚的笑脸,沐浴在晨光中,成为世界上最温暖的一道风景!

## 网络语言的道德底线

网络,是一个兼容万物的大平台,是道德高尚的仁人志士展现正义力量的平台,也是心怀叵测者大放厥词的平台。

周立波"网络公厕论"在网络上引起轩然大波,至今论战仍在持续。客观地说,双方的观点也不是没有一点道理,但因激动或者愤怒,在语言措辞上难以和风惠雨。于是,龇牙咧嘴展开大战,开口骂爹闭口骂娘,甚至能盘上祖宗八代,语言之肮脏龌龊让人不忍卒读。

由此想到宋祖德的博客,宋祖德以娱乐圈道德审判者的身份,对娱乐圈的某些明星大腕进行了体无完肤的炮轰,其中不乏人身攻击和人格侮辱的词汇,尽管他列举的某些证据也并非全是胡编乱造,但语言的失态十分明显。他义愤难平的神态,尖刻锋利的言辞,吸引了不少网民的眼球。宋祖德揭露的娱乐圈丑事,不管他说的是真是假,当事人的态度却比较含糊,很少有直接回应的,即便回应也只是说根本不认识这个"小混混",说与他没有任何交往。既然没有交往,宋祖德爆料的内幕就有信口雌黄的嫌疑。和尚不急急死太监,当事人不急,当事人的粉丝们却心气难平,与宋祖德的支持者相互攻击,双方都丝毫不积口德,谩骂得一塌糊涂。最近发现,宋祖德的新浪博客已被关闭,搜狐博客和网易博客也不知被谁设置了权限,不能访问!

开玩笑也好,恶作剧也罢,很明显,网络上不道德的恶劣语言,已经嚣张到了非常严重的程度。有的已经远远超出了道德底线,透露出颓废和沦丧的迹象,甚至是严重的道德失范。

网络语言传播者和接受者在时间和空间上有较大的隔膜,这与面对面说话的方式不同,根本无须照顾情面,再蒙上匿名的面纱,说话人躲在暗处,处于隐蔽地带,只攻不守,让人防不胜防,所以极其张狂放纵。无处不在的网络平台,加剧了恶性语言衍生的趋势。心态不正的网民,只要对谁略有不满,就可以肆无忌惮地展开攻击,大放厥词。

利用弗洛伊德的心理分析,这种现象就是"本我"的膨胀和放浪。网民们在网吧或者在家里冲浪,作为释放学习、工作和生活压力的方式,不想受任何制约,包括内心良知的束缚,大多以"本我"的放纵心态进出各种网站,那些主观、激烈、恶毒、低级、下流的语言便有了滋生和繁衍的温床。

显然,从不文明网络语言产生的方式和条件来看,强制性的暴力惩戒是不能奏效的。逆反心理的存在会使事件愈演愈烈,网络技术疲软带来的监督失察和取证困难纵容了语言暴力分子的为所欲为。

有些网站对语言的净化做了一些成功的尝试,进行了语言过滤,对话框根本不支持带有敏感词汇的出现,一旦自动检测到有非法字符,编辑和对外发送便会被阻止。比如博客中国、凤凰博客等,博友在向博客发送文章的时候,只要涉及敏感词汇,系统会自动提示需要网站的管理员人工审核,只有审核通过,才能在网站上显示。

主观因素和客观因素综合起来考虑,最好的语言规范方式,得依赖网民们道德素养的提高,内心良知的警醒,再对感性进行理智控制,让"自我"

战胜处于原始状态的"本我",符合道德规范和法律规范,升华到精神高尚的"超我"。即使偶有情绪泛滥,蹦出了恶性的辞藻和语言,也可以及时反省、更正,让语言尽可能无公害。最起码,网络语言不应该伤人自尊,不应该危及情感,不进行人身攻击,不进行人格侮辱,用客观公正的言辞,态度真挚地表达自己的观点,没有唾沫,没有硝烟,文明、健康、向上,努力营造一片"绿色环保"的语言世界。

现实和网络,都需要一片明净、晴朗的天空。网络语言,需要用道德底线来维护,我们需要一个干净温馨的网络交流平台。放松心情,驰骋于网络时,才不至于吞淤泥和呛浑水,才有清爽的空气可以呼吸,才能平心静气,心旷神怡地自由翱翔。

尤其是正在成长中,模仿能力极强的孩子们,网络语言的净化,对他们而言,更有意味深长的意义。

## 有一种意义叫过程

参加一份民刊的创刊会,本市的文化精英们,济济一堂,各抒己见,气氛热烈,一个真正意义上的文学沙龙。

主编先谈创刊的目的、栏目策划、征稿、编辑等过程,通过主编介绍,才知道办一份刊物原来是这么艰难。接着,依次发言,有突出重大意义的,有提出美中不足的都是真知灼见。轮到一位远道而来的省城文学前辈发言了,他说,我说实话,刊物不错,给本市的几百位文学爱好者提供了一个发表作品的纸质平台，实属难能可贵。但根据我收集的本省民刊状况，最担心的是这份民刊能"活"多久？

这份民刊能"活"多久？这不啻于一个炸雷，让人振聋发聩。说实在的，估计除了这位省城前辈，每位参会者都不会把这个问题当问题，因为这是一个实在难以回答的问题。

大家都沉默起来，半晌，文朋诗友才开始想对策。但是，一份刊物的存活不只是钱的问题，还存在稿源、审编等问题，牵涉撰稿人和编辑力量，以及很多难以预料的问题。大家沸沸扬扬地谈论了半天，莫衷一是，没有一个稳妥的办法能保证这个刊物能一直延续下去。

会场的气氛与组织者的预期有些不相符合。本是请大家来畅想这本刊物创刊的积极意义，怎样把它办好，谁知现在竟然开成了刊物的拯救大会，让人猝不及防，似乎这份民刊虽刚面世，已成垂死挣扎的状态。

正在为难之际，一位年轻的文化官员开口了，说，这本刊物要办下去，目前，我估计谁也拿不出万全之策，因为有些省文联的机关刊物都停刊了，都存活不下去，更何况一个市级的民办刊物？所以，我们就不要再谈这些我们无法解决的问题。我倒觉得，做一件事情，不能光看最终的结果，更要注重过程。生命是一个过程，如果我们整天都在想生命的终结，最终就是个死，估计在座各位每天都会提心吊胆，食不甘味，夜不能寐。但事实上，我们每天不是总担心死，而是想方设法让自己快乐，过好每一天，这才是正确的生活态度——享受生命的过程。至于那些我们无法主宰的事情，随缘吧。在浩渺的宇宙中，人的生命只不过是一个过程，最终会灭亡，地球也将不复存在，但这根本不影响我们把每一天过得有滋有味。手中这份刊物的诞生和继续出刊也是一个过程，我们当然应该全力以赴，办好这份刊物，要做到尽善尽美，感受它带给我们的希望和快乐，让它彰显我们赋予它的意义。至于它的命运，我们只能把最美好的祝福送给它！

会场上响起热烈的掌声，送给这位年轻的文化官员，送给新生的民刊。

于是想起鲁迅先生的《立论》来，说的是一户人家，生了一个男孩，都高兴极了。满月的时候，抱出来给客人看，自然是想讨得一点好兆头。客人甲说："这孩子将来要发财的。"客人乙说："这孩子将来要做官的。"客人丙说："这孩子将来是要死的。"虽然，第三个说出了生命的结局和本质，但是，这种说法充满悲观和绝望，没有丝毫的积极意义。如果大家都这样消极，一辈子横竖是个死，干脆生下来就掐死算了，活着有啥用？

人生最重要的，不是结果，而是过程！

## 省略号情结

初春，一位名作家来小城做客，我陪着他逛体育场。

看见主席台上方横着的大型喷绘条幅，名作家问，马上要捐款吗？我也捐一点，表表心意！我抬起头，看见写着"旱灾捐款仪式"的横幅还在上方高悬，难怪名作家以为正在启动捐款仪式，发出要捐款的感慨。

我解释说捐款仪式早过了，是三个月以前举办的，可能承办方忘了拆下来。一条冬天的横幅，挂到了春天也没人理睬，不知还要挂多久？

无独有偶，不久后我又遇到一件同样的事情。我出差一周后回单位上班，抬头看见过道上的宣传栏里写着：星期一早上八点在会议室开会，再看下边，落款日期已经被人擦得模模糊糊，难以辨认。那天刚好是星期一，一看时间，马上到八点，便蹭蹭蹭从一楼冲上七楼，却见会议室大门紧锁，一个人影儿也没有。又返回一楼查看通知，上面只说周一开会，具体时间仍然看不清楚。到办公室询问，才知是两周前的开会通知。过期的通知误导我火急火燎地楼上楼下跑了两回。我便责怪写通知的人，会议开完，为什么不擦掉？

还有一次，我们单位要借用政府办的大会议室，管理会议室的同志提醒我说，其他单位刚开完会，需要我们自己打扫一下。我想，人家刚用完，一定清扫得干干净净，还用我打扫？拿了钥匙，打开会议室，会议室里一片狼藉，我只好找人彻底地清扫一遍。开完会，我们正要开始打扫，管理办公室的同志就过来锁门，说，下班了，打扫什么？谁下次开会用，谁打扫吧！说完把我们赶了出来，大会议室瞬间被锁上，所有的烟蒂和残剩的茶杯被关在里面。

以上是我遇上的故事，下面是网上流传很广的故事，跟我遇到的有天壤之别。

据说上海有一座桥梁是英国人设计建造的，桥梁的设计使用寿命是90年。90年后上海市政府收到一封国际邮件，是原设计建造这座桥梁的英国公司寄来的，提醒政府桥梁已经到了设计使用年限，需要进行加固维修以后才能继续使用，否则有可能造成危险，并随信寄来了该桥的原设计图纸和预存在桥梁某处包裹在机油中的配件。其实这座桥梁直到现在也没有成为危桥，但是英国人对客户和自己的产品负责到底的态度足以让我们汗颜。

我们做事情，大多顾头不顾尾，很多事情都有始无终或者无果而终，不懂善后，不了了之，就像一串无法预知的省略号……

我们酷爱省略，酷爱在实际行动中频繁使用省略号，这种根深蒂固的爱，已成为一种情结，已经深入骨髓，刻入基因。

## 做时间的粉丝

一日逛博客，无意中读到一位专栏作家对时间紧促的感慨。他承接了八家大报的专栏，写作任务极为繁重，加之世俗应酬太多，让他苦不堪言，迫不得已，便在博客上发出申明——时间管理公告：因写作时间紧迫，避免情绪干扰，避免无事生非，避免嘈杂，避免被迫喝酒，故拒绝出席婚、丧、嫁、娶、生日、满月、周年之类吃喝聚会，拒绝接听手机，拒绝闲聊，无约勿访，家中不会客，有事请发信息联系，不例外。

读罢专栏作家的公告，让人感慨万千，击节叫好，为这位作家任性而为的率真及敢想敢做的勇气。看到公告的读者，十有八九都有感同身受的无奈和酣畅淋漓的快意。不止我一个，很多读者都留言为这位专栏作家决绝的时间管理公告鼓掌喝彩。

不仅是一些当代人对时间有紧迫感，一些成就斐然的历史人物对时间也同样珍爱，甚至吝啬。《淮南子》云："圣人不贵尺之璧，而重寸之阴。"唐末王贞白在《白鹿洞》一诗中直白地将时间和金钱相提并论——"一寸光阴一寸金"。无独有偶，法国作家巴尔扎克也这样认为：时间就是资本。这些名家名言都用世界上最珍贵的东西来比喻时间，可见他们对时间的珍视。

英国著名物理学家、化学家法拉第中年以后，为了节省时间，把整个身心都用在科学创造上，严格要求自己，拒绝参加一切与科学无关的活动，甚

至辞去皇家学院主席的职务。显然,专栏作家的做法与法拉第如出一辙。居里夫人为了不使来访者拖延拜访时间,会客室里从来不设座椅,站着才能长话短说。历史上做出了巨大成就的人,无一例外的都是宠爱时间的人!

"时间"是现代物理学的重要研究课题。时间是什么?时间是两时刻之间的时刻间隔,是宇宙事件顺序的度量、描计,是因变量,随宇宙的变化而变化。其性质之一便是不可回溯,不可逆转,而且稍纵即逝!

朱自清在散文名篇《匆匆》中有过关于时间流逝精彩的描述,不管我们是无所事事,还是做着鸡毛蒜皮的小事,也不管事件有无意义,时间逶迤而过。难怪孔子生发出无可奈何的喟叹:逝者如斯夫。

时间是无情的,不会因某个人而缩短,更不会因某个人而延长。由此,也体现出时间的公正性:每个人一天,都是二十四小时,每一天时间间隔是相同。不同之处在于我们对待时间的态度:是否认识到时间的性质,是倍加珍惜还是挥霍无度?

忽略时间,就会被时间忽略,宠爱时间,就会被时间青睐。珍惜时间,可以借鉴孔子做事的态度:"取乎其上,得乎其中;取乎其中,得乎其下;取乎其下,则无所得矣。"按这句话的意思,我们只要用百分之百的精力宠爱时间,至少我们就能有效利用百分之五十的时间,把握住百分之五十的机会。如果我们只用百分之五十的精力宠爱时间,我们可能只能把握住很少的时间和机会。如果我们仅用极少的精力宠爱时间,甚至是漠视时间,我们就很难把握住时间和机会,只能让时间白白流逝,因错失良机而追悔莫及!

鲁迅先生对时间的认识更深刻,他说:"时间就是生命,无端地空耗别人的时间,无异于谋财害命……节约时间,使一个人的有限的生命更加有效,也就等于延长了人的寿命。"不浪费别人的时间,不做时间的盗贼。宠爱自己的时间,做时间的粉丝,让时间散发出美丽的光泽,照亮旅程,精彩人生!

## 有一种拯救叫自制

故事发生在印度,某殖民官员和他的夫人举行盛大的晚宴,筵席设在宽敞的餐室里,室内大理石地板上没有铺地毯,屋顶明椽裸露,宽大的玻璃门外便是阳台。

席间,一位年轻的女士同一位少校展开了一场关于男人是否比女人自制力更强的激烈的讨论。

美国人发现女主人的脸部肌肉在微微抽搐并对印度男仆耳语了几句,男仆便迅速把一碗牛奶放在阳台上。

美国人意识到餐室里一定有条眼镜蛇,而且只可能在餐桌下面。他用赌博的方式让所有人控制在自己椅子上不要动弹,直到那条眼镜蛇游向阳台上那碗牛奶,他跳起来以最快的速度把眼镜蛇关在门外。

当男主人宣布男人遇到事情才能自制时,美国人问女主人怎么知道那条眼镜蛇在屋子里。女主人淡淡地笑着说:"它当时正从我的脚背上爬过去。"

通过美国人和女主人的情绪自制,使一场危机化险为夷,使一屋子人免遭了眼镜蛇的伤害。不然,谁都有可能是桌子底下的眼镜蛇的牺牲品。

文章的深意并不在于自制力与性别有无关系,而是试图说明自制力在人生中的重大意义。自制,其实是一种拯救,既可以拯救自己,也可以拯救他人! 自制,不是绅士风度的故作姿态,也不是胆小如鼠的忍气吞声,而是一种沉稳中的节制,从容中的淡定。于他人,多一份内敛的稳健。于自己,多一份心灵的拯救！

韩信在投奔刘邦之前非常潦倒，有一天他身佩长剑，被一群青年拦阻了他的去路，其中一个无赖对韩信说："我看你佩带长剑，像个英雄好汉，其实你只是一个胆小鬼而已。"

那无赖缠住韩信不让他走，还坚持说："如果你胆小不想和我比武又不想死，就从我的裤裆下爬过去。"韩信权衡了一下，就伏下身从那个无赖的裤裆下爬过去了。

古往今来，不但没有人批评韩信丧失尊严，相反，却将之当成一种启迪：有时候，多一点自制，是智慧的，也是必要的，自制会导向出一种新人生的境界。

在楚汉相争的战场上，韩信率百万之众，纵横沙场，战必胜，攻必克，虏魏、破代、平赵、下燕、定齐、灭楚，为刘邦建汉立下了赫赫战功，后世誉之为"兵仙"，与张良、萧何并称"兴汉三杰"。

如果韩信无法自制，要那杀个无赖，长剑在手，简直是易如反掌。但是杀一个无赖不但不能证明韩信的才能，反而有损韩信的清白。韩信还会受到官府的追究，即使不死也得判个有期徒刑。那么，历史上还有文韬武略的淮阴侯，还有封山拜将的大将军吗？

显然，韩信对自尊的理解与常人不同：人必须自尊，但不是少数几个人眼中孤零零的自尊，更不是眼下分分秒秒的自尊。韩信要的是放眼天下的自尊，流传千古的自尊。

博大的自尊，源于韩信的自制。韩信胯下受辱那一瞬间的自制，拯救了韩信的英雄本色，拯救了韩信的雄才大略。我们深信，韩信在拜将台上受封的那一刻，赢回了人生所有的尊严！

# 第 九 辑

母 亲 的 存 折

左右为难 / 扶贫 / 毫厘千里 /
画蛇添足 / 母亲的存折 / 一只药柜的能量

## 左右为难

公司膳食中心每天免费供应早餐,因为是免费,所以类别比较单一,只有面条、油条、豆浆、茶叶蛋及少许蔬菜。

除了中层以上的公司领导很少来捧场外,几乎所有的职员早餐时间都会在膳食中心碰面。但尤科长、查科长、冕科长除外。尤科长喜欢油条,查科长喜欢茶叶蛋,冕科长喜欢面条。

办公室小栗喜欢吃面条,喜欢和冕科长在一起。

这两天,冕科长出差,小栗落单了,形单影只地端着面条站在膳食中心的门前,孤独地吃。

尤科长正要进门,见小栗吃着面条,便拍了拍小栗的肩膀说,小栗,我早就想告诫你,常吃面条不好,要多吃油条,多喝豆浆!油条豆浆不伤胃,电视上说,油条可以使豆浆中的蛋白质在淀粉的作用下与胃液充分发生酶解,利于营养物质的吸收。

尽管小栗最喜欢吃面条,但尤科长说少吃面条,就少吃吧,免得给尤科长留下不好的印象。反正冕科长也不在,不会多心的。何况,尤科长那么振振有词,估计也不无道理。

小栗如此重视尤科长的看法,当然还有更深层的原因:小栗是公司的后备干部,能力突出,人员良好,领导层有意提拔他当办公室副主任,副科长级别。在眼下这个特殊时期,小栗得罪不起任何一位领导,因为在决定小栗升迁的问题上,他们手里攥着神圣的一票。

第二天,小栗依然站在膳食中心门外,但左手端着的已经不再是一碗面条,而是一碗豆浆,右手的两根筷子,换成了两根油条,他知道三位科长中,每天尤科长来得最早。

果然是尤科长第一个来,看到小栗手里的豆浆油条,顿时热情起来,轻柔地拍了拍小栗的肩膀,亲切得跟自己人一样,还微笑着说:对嘛,吃油条喝豆浆,多好!小栗心中一阵荡漾,自己的变化,看来尤科长是满意的。

尤科长刚进去,查科长就来了。查科长见小栗手上端着豆浆和油条,便颇含深意地瞟了排在队伍前面的尤科长一眼。然后回过头,皱皱眉,摇摇头说,小栗呀,吃油条喝豆浆不好,还是茶叶蛋和豆浆搭配比较好。因为茶叶蛋和豆浆都是高蛋白食品,营养丰富,简单实惠。查科长说完,欲言又止地叹息一声,进去了,给小栗留下一个威严僵硬的背影。小栗刚刚才春风荡漾的心瞬间冰凉,他知道,查科长和尤科长素来不和,看来,自己的早餐的变化,查科长是看在眼里,记在心上了,最可怕的,是他把自己当尤科长的人了。

第三天早上,小栗不便再吃油条豆浆,也不敢站门外了,怕碰见尤科长。怎么也得想个法子,把查科长对自己的看法扭转过来。小栗早早地到了查科长喜欢的那个僻静的角落,将早点也换成了茶叶蛋和豆浆,慢慢喝豆浆,等候着查科长。不一会儿,查科长就拿着茶叶蛋端着豆浆过来了,查科长看见了小栗的变化,高兴地点点头,说,对嘛,这才营养嘛!查科长看起来颇有成就感,就像亲手平反了一起历史性的冤假错案。见查科长很高兴,小栗心头暖暖的,眼神里充满感激。

谁知,豆浆还没喝两口,查科长突然发现自己的手机忘带了,立马拿着两个茶叶蛋起了身,说,小栗你慢慢吃,我必须回家取手机,今天要到分公司检查工作,没有手机不太方便了。小栗赶紧站起来,说,查科长,钥匙给我,我去帮你取。查科长按住小栗的肩头,说,上班时间就要到了,要是总经理正好有事找你,发现你不在岗,对你可不好。查科长善解人意的话语里饱含深意,小栗只好止步。

查科长刚走,出差归来的冕科长就端着一碗面条过来了,他喜欢小栗,与喜欢的人在一起进餐,胃口会好一点。冕科长见小栗喝着豆浆,吃着茶叶蛋,诧异地说,小栗,为什么不吃面条了?你知道的,面条含有维持神经平衡所必需的维生素 B1、B2、B3、B6 和 B9,对人体的益处大着呢。面条还富含有钙、铁、磷、镁、钾和铜,都是人体必需的微量元素。

小栗赶忙说,冕科长,其实我最爱吃面条,就,就今天岔个味儿!冕科长好像没听到,没有再搭腔,呼啦啦地往嘴里吸着面条。小栗刚刚稳妥下来的心,又开始莫名其妙地甩荡起来。

第四天早上,总经理前往膳食中心视察,小栗跟屁虫一样紧随其后。膳食中心门口早有三位科长和几个服务生迎着。一服务生谦恭地问总经理想吃点什么,总经理掏出一张纸条递给服务生说,就按这个上,昨天陪客人喝酒,基本上没沾粮食,今天早上特意列了个单子,来点最喜欢的,补一下。

服务生看了一眼单子,接着问三位科长需要什么?三位科长都说照旧。

因为这几天小栗的早餐在不断变化,服务生也拿不准了,就问小栗。小栗望望身边几位领导,左右为难,额头冒汗,张口结舌,突然间语塞。冕科长说,还用问,他喜欢吃面条。尤科长说,不对不对,他喜欢吃油条喝豆浆。查科长说,你们都错了,他爱吃茶叶蛋喝豆浆。这时,总经理说话了,你们几个意见不统一,我看小栗年轻,胃口好,多吃点,照着我点的,来一份加量的吧。

绝处逢生,小栗伸手抹去额头的汗水,感恩戴德地说,谢谢总经理的厚爱,谢谢各位领导的关怀。

等待服务员上早餐,三位科长围坐在总经理身边,就自己对饮食文化的了解展开了大讨论。

查科长环顾四周,用指关节用力地敲了两下桌子,痛心疾首地说,我就搞不明白了,为什么那么多人喜欢吃油条喝豆浆?这样搭配明明不科学嘛,豆浆里的蛋白质大都会在人体内转化为热量而被消耗掉,不能充分起到补充营养的作用。而且,油条里含油量特别多,添加了膨松剂,有的甚至用洗衣粉发酵,常吃对身体不好。应该多吃茶叶蛋,蛋白丰富,营养丰富!查科长表情严肃,纯粹就是批判!

不管查科长是不是出于故意,总之,这挠到尤科长的痒处了。尤科长不以为然地瘪瘪嘴,说,查科长,你的观点有些偏颇,我倒认为豆浆和茶叶蛋不能同吃,因为茶叶蛋蛋白会与豆浆中的胰蛋白酶结合,产生不易吸收的物质,对身体的危害不可估量。尤科长以不屑的神情,四两拨千斤的手法,将查科长的沉重轻松化解。

冕科长见双方争执不下,撇开两位科长的爱好,赶紧插言说,我觉得还是多吃面条好!面条不含胆固醇,能够分解脂肪,还能将胰岛素保持在正常稳定的水平,保持血糖的长期稳定。其实,冕科长根本不想蹚浑水,更不想帮谁的腔,管他马打死牛,牛打死马,他还乐得袖手旁观,看热闹。但总经理在这里,他不得不插话,不得不岔开他们,免得大伙儿在总经理面前伤和气,让总经理难堪,不和谐嘛。他最害怕的,是总经理会责怪自己面对同事的争执而不作为!

谁知,两位科长不但不领情,反而一起将炮口转向了他,而且体现出了前所未有的默契。尤科长说,冕科长的观点我不敢苟同,面条看起来是个好东西,其实吃多了不好。就像唱双簧,尤科长话音刚落,查科长就过话头,说,因为面条中缺乏人体必需的氨基酸,长期吃,身体就亏大了……

三位科长对对方的饮食偏好相互否定,相互批评,又各自把曾经对小栗说过的话又拿出来说。总之,都认为自己的饮食方式是最科学的,貌似如有异议,就是违背天理。

正当不可开交,服务生把老总的早点端上来了,相持不下的三位科长不约而同地闭了嘴。只见长时间来一言不发的总经理面前,分别放着:一小碗面条,一根油条,一只茶叶蛋,一杯豆浆!

## 扶 贫

这是参加工作面对的第一项任务,刚考上公务员的大学毕业生唐德福同志,与矿务局全体同志一道下乡扶贫。

扶贫,对于在山里长大的德福来说,是非常神圣的。

德福脑海中浮现出一幅幅水深火热的画面:破旧的土屋,衣衫褴褛的村民,营养不良的满脸菜色的孩子们……

每位同志都与扶贫点一位贫困户结了对子,局里给每人准备了一个红包,装着五百块钱,慰问帮扶对象。

一个小型车队,二三十号人,在季春正午的阳光下,在广袤无垠的渭北平原上,浩浩荡荡地向扶贫点开发。同事们欢声笑语,像度假。

德福的心情却很沉重,即将目睹底层百姓的艰难困苦,他会触目伤怀。每年春天扫墓,德福就很奇怪那些嘻嘻哈哈的同学们,心里怎么没有一点点神圣和庄严!

不到一小时,车队在一处豪华气派的别墅群停下。

大概是旅途小憩吧,德福想。

看看四周,白墙红瓦,统一欧式风格的别墅,整齐地坐落在青翠葱郁的树林里,令人仿佛置身欧美发达国家的乡间,德福以前在电影里见过。

下车,德福跟同事们进入一个大厅。刚坐下,几位打扮时髦的美丽女子,将一杯杯热腾腾的香茶迅速端了上来。桌上还摆满了零食瓜果,估计是哪位有钱的主儿要在这里开派对？

正诧异间,德福见局长已被众星捧月般地拥簇到主席台正中坐定。

去扶贫,怎么还要在这里开会？问身边的同事闵兰。闵兰说,这就是扶贫点！德福怀疑听错了,在这里？扶贫？

嘘——闵兰小声说,少见多怪,常规工作嘛！

德福心中的神圣感一下子土崩瓦解,仿佛全副武装地穿着防寒服,准备去北极营救被冰雪覆盖的幸存者,哪知路过夏威夷,却发现幸存者们成双成对地在海滩上悠闲地享受着阳光和爱情！

喂,喂！主席台上麦克风响了。局长开始了热情洋溢的讲话,说的那些官话套话,德福一句也没有听进去,直到最后,局长强调:"按照扶贫的要求,每位同志都要在帮扶对象的家里住上一宿,摸底调查,找出贫困的症结……"接着,村领导模样的人讲话,表示感谢组织的关怀。最后,矿务局干部和帮扶对象一一见面,送红包！

德福的帮扶对象叫胡道平,是一个厚道憨实的中年人。从德福手里接过红包时,他满眼的感恩戴德,缓冲了德福内心的落差。或许,别墅区还是有贫困户的！

心情五味杂陈的德福,被胡道平领着走进一幢两层楼的别墅,液晶电视、整体厨房、电脑、太阳能热水器……时髦的家具,院子里还停着一辆车,德福在哪本杂志上见过,美国产的,不知道是什么牌子,好像被俗称为肌肉车。这,就是帮扶对象胡道平的家！

站在楼顶的观光阳台上,望着花红柳绿的一马平川,望着雕梁画栋的阁楼飞檐,德福心潮起伏。德福想起大巴山中负债累累的家,地震后摇摇欲坠的土墙,想起年迈的父母,想起自己表面上是机关干部,国家公务员,实际上穷得叮当响……望着眼前充满异域风情的庄园式建筑,德福眼眶湿润了。

在享用了一顿丰盛的晚餐后,德福和胡道平谈了半也没找出胡道平贫困的症结。在一个没病的人身上找病因,如同从公鸡屁股里抠鸡蛋。

困惑而迷惘的德福,遛到走廊上给闵兰打电话,说你那里怎么样,我这里找不出贫困的症结呀！闵兰说，死脑筋啊，找什么找？我正在帮扶对象家里打麻将，赢他的钱呢，咿——我胡了！闵兰一声惊喜的尖叫炸得德福耳朵发麻，接下来听到闵兰爽快地咯咯咯的笑。再接着，电话里传出嘟嘟的盲音。

沉默半晌，正要转身进屋，德福突然发现走廊尽头灯还亮着——胡道平的儿子耀文还在学习。德福走了过去。

到底是大学刚毕业，还有学生气，德福和胡耀文说话很投机。详谈中，德福才知道，胡耀文只差四个月就高考了，各科都好，就是英语成绩涨幅慢，火烧眉毛，一筹莫展。

德福在大学里英语过了六级，眼下正在攻专业八级！德福试着给耀文辅导了半小时，找到了症结，认为胡耀文英语基础好，聪慧，单词关没问题，就是语法语态上还有混淆的地方，通过有针对性地强化，在四个月内英语成绩超过一百分应该不成问题。或许是投缘，德福的辅导方法，效果超乎寻常地好，耀文如醍醐灌顶，茅塞顿开！

德福还给耀文制定了补习计划，并承诺回城后定期给他网上辅导。

耀文房间的灯，一直温暖地亮到半夜。

第二天告别，胡道平紧紧握住矿务局长的手说，局长，您的扶贫太及时了，算是给我们家送救星来了。

局长略作惊诧地看了德福一眼，然后转向胡道平，状如弥勒，和颜悦色地说，扶贫嘛，我们绝不过家家，走过场，我们追求实效，必须扶到点子上！

回城，德福惊奇地发现，手提包里多了样东西——一个大信封，拆开一看，天啦，是一万块钱！还有一张纸条，上面写着：唐德福同志，您好！通过您卓有成效的帮扶，使胡耀文充满信心，看到了胜利的曙光。这一万块钱，是这四个月的辅导费，一个月两千来块，还抵不上我们村幼儿园代理教师的工资，您莫推脱，恳请您继续帮扶！哪一天，如果您需要，我们也会像您帮扶我们一样，全力以赴！

一万块？网络辅导费？扶贫？德福糊涂了，到底谁在扶谁？

## 毫厘千里

亢牛大学毕业时,正赶上市委市政府招考第一届公务员。

亢牛是个才子,自上高中起,就经常在本市报纸副刊上发表一些豆腐块。虽然是豆腐块,也是香喷喷,羡慕死人。

亢牛是班长,和辅导员私交甚好。辅导员建议亢牛报考公务员,说政法系与政治有千丝万缕的联系,加上较硬的写作功底,好好复习一下公务员考试科目,应该是胜券在握,至少应该比那个整日沉迷于录像厅的阿豪更有胜算。

辅导员苦口婆心,说考上公务员后,只需到某些乡镇挂职副乡长或者副镇长,锻炼两年,就能回市直机关工作。

亢牛婉言谢绝,说阿豪至少能喝酒,自己不喝酒,也不习惯阿谀奉承,性格太直,在酒桌上都应付不了,在官场怎么混?辅导员摇摇头,惋惜地说,按目前的分配形势,你就算分配得最好,也只能留在镇上的初级中学,打娃娃仗。

后来,亢牛得知,阿豪等九位同学报考了公务员,全部被录取。两年后,这帮公务员同学被安排进市直机关了,最差也进了市检察院。令亢牛最羡慕的是,这帮同学不仅单位好、福利高,还通过单位内部集资建房,都搞了一套商品房。听说阿豪混得最好,经常跟随市委、市政府的主要领导到县区检查工作,与市上高层关系熟稔,人力资源相当雄厚。

当然,亢牛在教师队伍中,也算混得不错,通过几年的努力,由一所乡镇初级中学调到一所县直农村高中任高三教师,虽常年在乡下,但毕竟是县直单位了。亢牛最自豪的是有一年被评为县级优秀教师,市教育局局长亲自给他颁奖,这让他兴奋了好久。但这点荣誉跟公务员同学相比,那简直是小巫见大巫,不堪一提。

十五年之后,亢牛的公务员同学大多成了某部局的正科级领导,混得最好的仍然是阿豪,竟然到亢牛所在的县当了主管教育的副县长。亢牛心潮起伏,这个家伙上大学成绩差不多是一毛不拔,现在竟然能混到这步田地。

亢牛这时候才知道自己就是一个典型的书呆子,社交上十分弱智,只知道整日呆在图书馆里读死书。而阿豪思维外向,在大学二年级的时候,拉拢几个有钱的同学,筹钱在校门口对面的小巷道里开了一家录像厅,后来赚了钱,独自开了一家书店,生意火爆,赚得钵满盆盈。结婚后,阿豪是公务员,不便直接经商,便由他老婆接替,已经完成了原始积累:手上有四台大型挖掘机,一个建筑队,一个书城,一个文化传媒公司,资产数千万。

到任不久,阿豪念及和亢牛的旧情,带着司机和秘书,微服私访,要看望亢牛。谁知教育局长知道了这件事,带上几位副局长,火急火燎地往亢牛所在的学校赶。路上,局长让办公室主任给校长打电话,说主管教育的副县长要到来视察工作,让校长火速组织校委会成员着正装,到校门口等待县上主管领导的检阅。

一伙人在校门口碰面了,亢牛在校长面前点头哈腰,校长在教育局长面前点头哈腰,教育局长在阿豪面前点头哈腰。但阿豪却对两鬓已开始斑白的亢牛深深鞠躬,先是握着亢牛的手,然后是紧紧拥抱,满眶热泪又感人至深地称呼:老班长,您辛苦了……校长和局长面面相觑,如坠云雾。

阿豪一伙人离去之后,校长找亢牛谈话,说学校缺一个主管教务的副校长,校长还说,按常理,管教务的副校长要从教务主任中层领导中提拔……

亢牛当然知道校长没说完的话,教务主任还得从教研组长中提拔,教研组长还得从优秀教师中选拔,优秀教师还得从骨干教师中选拔……

亢牛不敢继续往下想,他没有仔细数,自己和阿豪之间到底隔着多少级?

亢牛倒不是在意别人的地位比自己高出多少?但是,有一个词生生地灼痛了他——抱负,大学时代他在各种场合高谈阔论的——抱负!

尽管亢牛感情上不愿意承认自己的贡献不比那帮公务员同学差,但理智告诉他,要想真正成就一番事业,位置越高,服务范围越大,就越能实现自己的远大理想。如果自己处在阿豪的位置上,那就不是为一所乡村中学的某个班级服务,而是为全县的教育事业做贡献力量,或许就更能体现出自己的价值!

路遥曾经说过,人生的道路虽然漫长,但紧要处常常只有几步,特别是当人年轻的时候。

毫厘之差有多差?或许,毫厘之差,就是千里之外!

# 画蛇添足

康利今年刚毕业,就找到一家用人单位,同学们羡慕得要死。

单位的领导和同事们都很关心他,他工作也很卖力,总是力争把工作做到最好。这种工作态度使康利的业绩一路飙升,受到领导和同事们的好评。康利更坚定了努力就能赢得一切的工作信条,谁知道,不久前,康利努力做了一件事情,却讨来一片责备,领导批评,同事们埋怨。

康利每天总是第一个到办公室,在工作之前把自己的办公桌擦洗干净,接着把办公室彻底清洁一遍,再接着清扫楼道,再接着冲洗厕所。因为头天夜里失眠,没睡好,早晨虽睡意蒙眬,但不敢睡,怕睡过了,上班迟到。康利不想因为自己的一次迟到,把以前辛辛苦苦才挣来的一点好印象给抹杀掉。

八点上班,康利六点半就到了。办公室拾掇好了,楼道走廊也晃得见人影子了,还剩厕所,时间宽裕,厕所的每个角落都在康利的打扫范围之内,瓷砖贴过的地方康利也冲洗得一尘不染,包括那个从来没有人用水冲洗过的玻璃窗。一切清洗妥当,康利放好水管,准备回办公室开始工作。

在关厕所门的时候,康利突然发现厕所门没有冲洗,这是一扇老式的门,不是现在的铝合金,而是用木板包的,上面污迹斑斑,康利为自己观察能力超强,发现了一处被人遗忘的卫生死角高兴得差点儿跳起来。什么是创造性地工作?做同事们应该做好而没有做好的事情,这就是创造性工作!康利重新装上水管对门进行了一次彻底地冲洗,那扇脏兮兮被人遗忘的木门,终于重现了昔日的风采:晕黄的底色上有暗红的花纹,在洁白的环境中洋溢着温馨的色调,远比现在的铝合金门艺术多了。

康利怀揣暗喜,愉快地工作,也暗暗盼望着同事们发现这一变化后的赞许,但是,几个小时过去了,康利期待的褒奖事件并没有发生。

早上十点,办公室主任来问话了:今天早上是谁值日?康利想,终于有人发现他的"光辉业绩"了。但是,谦虚一下是必要的,自康利来单位以后,单位的值日表基本上就是聋子的耳朵——成摆设了,因为在同事们值日之前已被康利抢先把活儿干完了。现在,同事们已经习以为常,不再关心那块值日牌,也就没有再更换过。康利想把功劳让给值日牌上的同志们,所以他沉住气没有吭声。

办公室主任突然严肃起来,说值日的同志马上到主任办公室,不然后果自负!康利以为主任要责备那些没有参加值日同事。康利马上站起来说,主任,我是自愿值日的,不是他们不愿意值日。

谁知主任说:"你这个多事的家伙,不该你值日你还要搞破坏,存心啊?为什么要把厕所门用水泡胀,现在怎么也关不上了,整层楼的同志都没办法上厕所，投诉到领导那里去了，领导把我狠狠地训了一顿，你小子怎么就知道画蛇添足啊？"办公室里一片寂静，听得见康利的委屈在心房里缓缓爬行。

好一个"画蛇添足"，一语中的，康利打扫整间办公室是画蛇添足，康利打扫厕所更是画蛇添足，康利清洗厕所门是画蛇添足之外的画蛇添足。康利低着头，憋屈得一句话也说不出来。

原来，卖力也不能过头，过犹不及。画蛇添足，这个小时候就知道的道理，康利现在怎么就忘记了呢？

## 母亲的存折

元旦回老家，一路鞍马劳顿，黎明出发，倒了好几次车，薄暮十分，才走进家门。

佳肴飘香，母亲早已把好菜好饭端上桌，丰盛的菜肴，把一天的疲惫瞬间驱散。

母亲特意给阿琼盛了一碗骨头汤，说，阿琼，我们做女人的，要知道爱惜自己，今天你太辛苦了，喝点汤，补充一下营养损耗。

阿琼感激地说，妈妈，您老多喝点吧，老年人更需要补钙的。

母亲说，我知道关心自己，年轻的时候，粮食短缺，也吃过亏。后来，条件好了，我至少每周煲一次骨头汤，你看，我现在体质多好！阿航，你要知道心疼阿琼，每周至少熬一次骨头汤给她喝。你们年轻，感觉不出来，你看看隔壁的王大婶,比我小五岁,上两层楼,要歇上四五次。那时候我就劝她,她嫌煲汤很麻烦。哎!身体的保健,不要嫌麻烦,要时不时地补充点营养,添加点能量,强健一下肌肉和骨骼,久而久之,身体就会越来越好。

母亲的身体确实很好,上次来城里,一口气上七楼,脚不软,气不喘,走起路来比年轻人还利索。

从不喝汤的阿琼,乖乖地喝下母亲盛的汤。

母亲不仅定期熬骨头汤,还非常注重运动。母亲告诉阿琼:专家说,不仅要多喝骨头汤补钙,还要经常运动,把好习惯一点一点积蓄起来,把四肢和内脏机能增强一点,抵抗能力增强一点,体制就上去了。上年纪了,即便偶尔累点,泼辣点,伤着身体了,也能承受得住。如果不注重平日的积累,没有储备一定的抵抗力,弱不禁风,遇到点小麻烦,就得进行健康透支。

阿琼笑,说,妈妈,您每天劳动量那么大,哪里还需要运动?

母亲解释说,劳动和运动是不同的,劳动是局部运动。身体局部运动强度过大,不仅无益于身体,还会造成肌肉和骨骼劳损。锻炼是全身运动,注意每一个关节,每一个部位的训练,做到整体协调,同时兼顾呼吸、内脏和气血的调整。

阿琼做钦佩状,说:妈妈,您在保健方面,有点像专家了。

母亲说,我虽上学不多,但爱看保健方面的书,爱积累,锁定一些电视健康节目,时间长了,确实学到了不少养生保健知识。

不仅是保健和养生,在生活的很多方面,母亲同样以一种长远的眼光,保持着诸多良好的习惯。母亲时常教导我们说,一些好习惯,短期也看不出什么效果,假以时日,就会天差地别。

母亲常常拿爹举例:就说你爹吧,和我一样,不过是初小文化。但他现在是村里的名头最响的文化人,一些城里来写生的大学生,还毕恭毕敬地向他请教呢。这么多年,他始终坚持读书看报,坚持练字。还记得吧,本村的高大爷,年轻的时候,书读得最多,是我们村里的秀才,但高大爷没坚持下去,早就不读不写了,现在只要说到文化什么的,他支支吾吾说不上个子午卯西,只好起身离开。你老爹,一直坚持练字,就算是"文革"期间,也偷偷用清水在石头桌子上练。文革之后,高大爷那一手漂亮的毛笔字不见了,你父亲却偷偷写了十年……前段时间,你爹还作为农民代表参加了省上的农民艺术节,他的书法作品获了一等奖。

母亲对阿琼说,你老爹每天都在研习练字,琢磨技巧,十年了,就算是个傻儿,也能积攒出不少的经验来的。

阿琼感叹不已,转过头对我说,好好学习老爹吧,我看你现在的字,比老爹差远了。

我说,我要是安心练上十几年,一定比老爹的字好。

阿琼说,好,回家我就给你买宣纸和毛笔,练二三十年,退休后卖字,我煲骨头汤伺候你!

返城的时候,母亲拿出一本存折,交给阿琼,说给我们凑点买商品房的首付款。

我们死活不要,父母亲都在农村,哪来多少存款?但母亲执意塞进我们的提包里,千叮咛万嘱咐,说别弄丢了。

火车上,阿琼拿出存折一看,天,竟然有十几万,阿琼惊讶得合不上嘴。我们那个穷得鬼不生蛋的地方,能存上十几万,还供我上完大学,这简直不可想象。

阿琼立马给母亲打电话,你哪来那么多钱,借人家的我们绝不能要?母亲说,你看看存折上每一笔钱的存款日期就知道了。我们零零碎碎地,时不时地往上存,不知不觉间数字就变大了。

看来是抱孙心切,途中又接到母亲的电话,叮嘱阿琼:身体,就是一个存折,要时不时地存一点利于养生保健方面的能量,千万亏待不得!懈怠不得!

很诧异,母亲把身体比作存折,但仔细一想,又何尝不是?

存折,不存,永远没有。只要不定期地往存,不仅老本在,每天还有一点利息,长此以往,不经意间就是一个大数字。好习惯,相当于天天存款,精气充足,谷粒满仓,老年无后顾之忧。坏习惯,相当于天天贷款,最终将负债累累,物质匮乏,精神颓废,老年必然穷困潦倒,寸步难行。

拥有一本含金量高的存折,可以从容面对生活中的坎坷波折,应对自如。一副身强体壮的好身板,可以笑傲人生风雨,优雅生活。

回城后,阿琼所做的第一件事,就是买纸笔和骨头。

阿琼开始煲骨头汤,我开始练字。

# 一只药柜的能量

德福搬家了,由一间小房子,搬进一套大房子。虽然仍然是寄人篱下——租房,房间毕竟宽敞明亮,德福的心情也敞亮起来,大有翻身农奴把歌唱的喜悦。

这套大房子前一位雇主叫阿瑶,是一位美丽的女士,买了商品房,刚刚搬进新居。

阿瑶有一种欣喜,也有一种恋恋不舍。喜的是终于有了自己固定的居所,算是在这座城市落地生根了。不舍的是这套租房见证了自己由一个不名一文的无业女性成功打拼成一位真正的都市白领的全过程。

搬家时,有一个玻璃柜子来不及搬走,这只玻璃柜子里空荡荡的,但非常干净,显然是阿瑶天天擦拭的结果,可见阿瑶非常珍视。

事实上,这只柜子是阿瑶在药品超市卖药时买的。刚从医科大学毕业的阿瑶,一边卖药,一边倚着柜子苦学,最终凭实力考入了一家医院,当上了白衣天使,收入颇丰。

德福的家具很少,屋里就算多十个玻璃柜子也放得下,他是豪爽之人,见阿瑶单身一人忙来忙去,便不忍心催她把柜子搬走,说放着吧,不碍事的。

阿瑶老公阿奎是她的高中同学,大学学的是土木工程,但无志于考公务员和考研究生,体制内他学的知识基本用不上。他要学以致用,把知识变成白花花的银子,一直在上海打拼,由推销油漆开始,揽小工程,越做越大,现在供着三四百人吃喝拉撒了。工期很紧,阿航回不来,阿瑶一个人搬家忙里忙外转不开。阿瑶对德福承诺,过两天,新居收拾妥当,就把柜子搬走。

过了几天,房主见阿瑶没来搬柜子,私下对德福说,这个玻璃柜子是一只药柜,如果你觉得不舒服,我就强令她搬走,这玩意儿,有人计较的!

德福呵呵一笑说,计较什么,谁没有个头疼脑热的?自己家里有药柜,相当于家里供着一尊药王菩萨,大病小灾的就不敢上门了,保佑着我呢!你看,我本来有点肠炎,搬过来,有菩萨罩着,也没吃药,竟然莫名其妙地好了,我找了半天原因,最后才想到,肯定是药王菩萨庇佑的结果。

德福说的也是实话,自搬过来之后,心情大好,不知不觉中,肠炎竟然不治而愈。

房主一笑,说,你真是个豁达之人,心态阳光,难怪菩萨会保佑你!

事实上,阿瑶的思想比较复杂,并不是忙与不忙的问题,即便再忙,随便在街上找个搬运工把一只不足一百斤的玻璃柜扛走也不过是易如反掌的事情,何况阿瑶的新家距离这里不过两百米。阿瑶是个比较迷信的女子,她不想把药柜搬进新居,她不希望新居和药产生某种关联。所以,就想把它搁在德福那里,等遇上合适的人再卖出去。阿瑶舍不得将它送人,毕竟这只药柜在创业之初给她带来了生活的保证,已经有了感情,她可舍不得把它像垃圾一样扔掉,那样的话,得到的人可不会珍惜。放在德福那里,阿瑶也是不放心的,生怕粗犷豪放的德福不小心把玻璃给碰碎了。

阿瑶心怀忐忑,加上装修、搬家积下的劳累,导致阿瑶神情恍惚,在新居擦玻璃时一脚踩空从凳子上摔下来,医生检查说是严重腰肌韧带拉伤,需要贴上膏药卧床休息两个礼拜。这一天，正好是阿瑶搬进新居的头一天晚上。阿瑶心情坏到极点，刚搬进新居就患病，难道是药柜在惩罚我无情无义？

当然，阿瑶新居里发生的一切，房主和德福并不知情。过了几天，女房主听说阿瑶摔伤，去探望阿瑶，说到玻璃柜子，女房主说，德福说啊，那只药柜是尊药王菩萨呢，供着，保管家里无病无灾，自从搬过来，他的肠炎没吃药就好了。

第二天，阿瑶赶紧找人从德福屋里把那只玻璃柜子搬到新居。阿瑶担心德福不舍。德福却乐呵呵地说，搬走也好，我也希望药王菩萨保佑阿瑶，保佑更多的人！

这只柜子刚搬过去，阿奎的老公就回来了——知道阿瑶生病了嘛，生意再忙，也没有老婆的身体重要啊，必须回来。

一进新居，就发现客厅里的那只玻璃药柜，阿奎是认识的，气不打一处，怒斥阿瑶，早叫你扔了这个破玩意儿，你却不听，现在好，竟然搬进新房子了，怪不得生病，放个药柜子在家里，想长年累月地吃药啊？

阿瑶很委屈，两个人激烈地争吵，这一吵，阿奎的老毛病——头疼病就发作了。阿瑶赶紧找医生，医生检查之后，说太激动引起的，给他挂了两个吊瓶。

待情绪平静下来，阿瑶和老公怎么也睡不着，看着这只玻璃柜，越看越神秘……